祝命のエトランゼ
syukumei no
ÉTRANGER
右手を取られ、手の甲に誓いのキスが落とされる。
「あなたは私の希望の光」

祝《しゅく》命《めい》のエトランゼ

宮《みや》本《もと》れん

ILLUSTRATION：円《まる》之《の》屋《や》穂《ほ》積《づみ》

祝命のエトランゼ

LYNX ROMANCE

CONTENTS

祝命のエトランゼ

昼間だというのに天蓋に覆われたバザールの中は薄暗く、混沌《こんとん》としている。

　噎《む》せ返るほどの香が焚《た》かれ、そこに水煙草《みずたばこ》の甘い香りや砂埃《すなぼこり》の匂い、何かが腐ったような饐《す》えた匂いが混じり合い、訪れるものの思考を鈍く揺さぶった。それは、ここが人々に生活物資を売るという表向きの顔だけではないことを物語っている。

　暴力と支配によって成り立つ国。

　秩序などとうの昔に手放した国。

　侵略によって築かれたゲルヘム王国の闇市は、あらゆる不公平を成り立たせるだけの狂気と供給に満ちていた。

　バザールは国の縮図そのものだ。見たこともない武器や武具、貴金属類、農作物に混じって怪しい薬、果ては人までもが次から次に売り捌《さば》かれていく。

　中でもバザールの一番奥、人目を遮るようにして週に一度開かれる奴隷市にはあちこちから眼光鋭い男たちが集まった。

　単に働き手を必要としているものから宿に置く性奴隷を買いつけにくるもの、さらには口に出すのも憚《はばか》られるような特殊性癖を満たす玩具を探しているものまでその要望は多種多様で、それに応えるため品揃《ぞろ》えもまた多岐に亘《わた》った。

　屈強な体格で労働力をアピールする奴隷もいれば、その外見を売りにするもの、もはや全裸と言ってもおかしくないような格好ではしたなく男を誘う性奴もいる。

　そんな中、隅で所在なさげに立つひとりの奴隷は、寄せられる奇異の眼差《まなざ》しに怯《おび》えていた。

　大国アドレアとの戦いで国内に生じた混乱の中、奴隷船でこの国に連れてこられて早《は》や一年あまりが過ぎようとしている。

　ほっそりした体格ではあるが、十七歳という年齢は働き手のほしい中流階級にはもってこいのはずだ。

にもかかわらず、他の奴隷たちと違ってなかなか買い手がつかないことに彼の持ち主である奴隷商人は苛立《いらだ》ちを隠さずにいた。

　少年は、物心ついた時から奴隷としてあちこちを転々としていた。

　来る日も来る日も炭鉱で石を運んだこともあるし、真冬の川で一日中凍えながら洗濯をさせられていたこともあった。

　それもこれも、自分に身寄りがないからだ。親も兄弟もいない。幼い頃の記憶がないどころか、名前すらない。自分をこの世につなぎ止めるものが何もない。

　あるとすれば、「ここへ連れてきてやった恩を忘れたのか」と毒づく商人の罵声ぐらいのものだ。売り手もつかずに死のうものなら、彼は「金にもならんロクデナシが！」と自分の死体を蹴飛ばすだろう。奴隷に人格などないというのが彼に限らず、ここに来るものたちの口癖だ。こうして市に立っていても投げられるのは無遠慮な視線や、心ない言葉ばかりだった。

「見ろよ。エトランゼだ」

「異邦人なんて誰が買うんだか」

　またひとつ、侮蔑の言葉が少年を襲う。舐《な》めるような視線にも為《な》す術《すべ》なく黙って耐えた。

　彼らが自分を「エトランゼ」と呼ぶのは、見た目があまりに異質なせいだ。

　この国の人たちは多くが龍人《りゅうじん》と呼ばれる種族で、両耳の先が尖《とが》っている。有事の際は鱗《うろこ》を纏《まと》った龍に姿を変えるとも聞いた。

　肌は浅黒く、黒い髪に黒い目をした人が多い。たまに琥珀《こはく》色や緑青《ろくしょう》色といった美しい瞳を見かけることもあったが、自分のように銀色の髪をした人間はひとりも見たことがなかったし、ましてや柘榴《ざくろ》のように赤い目は不吉の象徴だと囁《ささや》かれた。

血を思わせる赤い瞳は、どんなに目を伏せていてもふとした拍子に見つかってしまう。「嫌なモン見ちまった」「災いが降りかかる」と声に出して罵られることもある。そのたびに少年は身を強張《こわば》らせ、固く目を閉じながら謝ることしかできなかった。

奴隷市の片隅で、水溜《た》まりに映る自分の顔を恐る恐る覗《のぞ》きこむ。

けれど、何度見ても同じだ。

石灰のように白い肌、柘榴のように赤い目。それを髪と同じ銀色の長い睫毛《まつげ》が縁取っている。肩までの髪は動くたびにサラサラと揺れ、尖っていない耳や隷属用の首輪の跡をうまく隠した。

ここでは、自分はあまりに『普通』と違う。

遠い異国で奴隷商人に目を留められた時は、こんな自分にも価値を見出《みいだ》してくれる人がいるとよろこんだのに、ゲルヘムに到着するなりわずかな希望は打ち砕かれた。この国の人はエトランゼなど求めていない。

通りがかった太鼓腹の男性が無造作に水溜まりを踏んでいく。あっという間に少年の顔は揺らいでわからなくなり、あとには濁った水が残った。

遣《や》りきれない思いに唇を噛《か》み締める少年をよそに、奴隷商人はやってきた男たちに、ここぞとばかりに捲《まく》し立てる。

「旦那様方、どうぞご覧になってくださいまし。こいつはエトランゼではございますが、なかなかの器量。煮るなり焼くなりお好きなように……」

揉《も》み手の商人に、男たちは顔を顰《しか》めるばかりだ。

「よせよせ。エトランゼなんて連れて帰ったら周りから何を言われるか」

「俺たちに売っ払うより見世物にして、おまえが小金でも稼ぐといい」

「とんでもございません。奴隷は主人に仕えてこそでございます。お役に立ちますよ、さぁ」

必死の説得も虚《むな》しく、男たちは「よそを当たれ」と言い置いて行ってしまう。

その背中が人混みに消えるなり商人は「クソッ」と低く舌打ちし、それでも苛立ちが収まらないのか、さっきまで自分が座っていた木箱を思いきり足で蹴飛ばした。

「何だっておまえは売れ残るんだ。珍しいからこそ高く売れると思って連れてきてやったのに」

「ご…、ごめんなさい……」

「今日のうちに片がつかなきゃ臓器売りに二束三文で払い下げだ」

ギョッとなった。いくら奴隷だからって、そんな死に方はしたくない。

「お願いです。それだけは……！」

必死に縋《すが》りついたその時だ。

「――こちらが奴隷らを商う場所でございまして……おい、そこの商人、何をしている。王の御前だぞ。頭《ず》が高い」

「えっ？　はっ、……こ、これはこれは……！」

奴隷商人たちが次々とその場に跪《ひざまず》く。混沌としていた奴隷市は、たちまち水を打ったようにシン…と静まり返った。

よく見れば、さっきまで力自慢をしていた男奴隷も、あられもない格好で男を誘っていた女性奴《せいど》も、誰も彼もが跪き頭を垂れている。

「この馬鹿《ばか》！　何してるんだ！」

「わっ」

商人に首の後ろを摑《つか》まれ、地面に額を擦《こす》りつける勢いで無理矢理押さえつけられた。

しばらくしてそろそろと頭を上げると、案内人の後ろには頭にターバンを巻いた男たちがいるのが見える。彼らが担いでいる豪華な輿《こし》にはカーテンのようなものがつけられていて中の様子ははっきりとは見えない。

そんな中、いち早く立ち上がった商人は性懲りもなく猫撫《な》で声で案内人に話しかけた。

「このようにむさ苦しいところにわざわざのお渡り。良い奴隷をお探しでございましたら、ぜひ私にお任せくださいませ。これは若く体力もございますので力仕事なら何なりと。こいつらにはあらゆる性技を仕込んでございます。それから……」

「あれは」

話を遮って、案内人の男がこちらを見る。

商人は「いえいえ」と慌てて手をふりながら案内人の視線を外そうとした。

「とても陛下のお目に適《かな》う代物ではございません。ただのエトランゼでございまして」

「ほう。あれが噂《うわさ》の……。それにしてはずいぶんとみすぼらしいな」

案内人はフンと鼻を鳴らしながら輿に近づくと、少しだけカーテンを開け、中にいた人物に何事かを耳打ちした。その耳の先が尖っているのがここからでも見える。

しばらくすると話がまとまったのか、案内人が再度こちらをふり返った。

「顔を見せてみろ」

「よろしいのですか」

「王は珍しいものがお好きだ。早くしろ」

訳もわからないまま商人に「おい」と呼ばれ、前に出るよう促される。

「わっ」

その際、手足の鎖が引っかかってしまい、蹈鞴《たたら》を踏んだ拍子に土埃が舞った。少年を支えてくれた商人が一瞬鬼のような形相でこちらを睨《にら》み、偉い人にペコペコと頭を下げる。

「とんだお目汚しを……。決して足が悪いわけではございませんので、どうぞお気になさらず」

「いいからさっさと顔を見せろ。髪が邪魔だ。上げさせろ」

「はい。はい。ただいま」

　乱暴な手つきでグイと髪を掻《か》き上げられ、驚いた拍子に目が丸くなる。

　周りを取り囲んでいた男たちが皆いっせいに息を呑《の》んだ。反対に、輿の上からはギラギラと光る黒い目がまっすぐにこちらを睨《ね》めつけてくる。

「あ…」

　怖くなって少年はとっさに下を向いた。

　血の目。災い。忌むべきもの――そんな言葉を覚悟して固く固く目を閉じる。

　けれど、告げられたのは思いがけない言葉だった。

「王がご所望だ。これをもらおう」

「……お、お買い上げいただけるので？」

　さすがの商人も驚いたようだ。

　自分もだ。これまで何度も主人が替わったけれど、こんなにもこの外見を受け入れられない国で自分を買いたいと言う人が現れるとは思わなかった。

　――いいの、かな……。

　自分を連れていったりして嫌な思いをしないだろうか。「やっぱり連れてくるんじゃなかった」と後悔したりしないだろうか。

　それでも、大金を前にほくほく顔の商人を見つめながら、少なくともこの一年世話になった彼に恩返しができたことにほっとした。それに、臓器売りに売られる心配もなくなった。

　ガチャガチャと音を立てて手足から鎖が外される。軽くなった四肢に驚いていると、すぐに「来い」と顎を決《しゃく》られた。商人からは「行け」と乱暴に背中を押される。

　少年はわずかによろめいた後で商人をふり返り「お世話になりました」と頭を下げた。

　高貴な人の前だからか、あるいはやっと厄介払いできた清々《すがすが》しさからか、彼は「達者でな。お役に立つんだぞ」と笑顔を向けてくれる。笑ったところをはじめて見た。彼の人間らしさのようなものを垣間《かいま》見た瞬間だった。

　慌ててもう一度頭を下げると、少年は急いで踵《きびす》を返す。そうして自分を買い上げてくれた新しい主人の一団の一番後ろに加わった。

「あ、あの。ぼくは何をいたしましょうか」

　案内人を先頭に、護衛、輿、また護衛と、一行は隊列を組んで狭いバザールを縫うように進んでいく。その最後尾にいた男に声をかけると、彼は肩を竦《すく》めながらニヤリと笑った。

「昼間のうちはおまえのやることはないだろうさ」

　どういう意味だろうと不思議に思っていると、それを聞いた隣の男も肩越しにふり返り、粘ついた薄笑いを浮かべる。性奴を買いにくる娼館の主《あるじ》を思い起こさせる笑い方だ。これまではこの見た目のせいで自分に向けられることはなかったのに。

――どうして急に……？

　戸惑う少年に、男はますます笑みを濃くした。

「せいぜい身綺麗《みぎれい》にして王を愉《たの》しませることだ」

「まぁ、すぐに飽きて捨てられるだろうけどな」

　意味はよくわからなくとも、あまりいい話でないことは何となくわかる。

　しかたない。好奇の目を向けられたり、揶揄《からか》われたりすることには慣れている。奴隷の分際で反論が許されないこともよくわかっている。だから少年はそれ以上は無駄口を利かず、黙って後ろからついていくことにした。

　これからは、重たい鎖を外してくれた新しい主人のために頑張《がんば》るだけだ。

　軽くなった手足を何度も確かめながら、少年は鳥籠だったバザールを後にした。

ぐるりと巡らされた城塞の門を入ると、そこは旧市街だった。

バザールのあるスラム街とは大違いだ。どっしりとしたレンガ造りの家々が立ち並んでいる。

ところどころに残る生々しい砲弾の跡に身を竦ませながら進んでいくと、やがて遠くの方に剝《む》き出しの岩山が現れた。その山頂には高い城壁に囲まれた塔の先端が見える。前を歩いていた男がふり返り、「あれがゲルヘム城だ」と教えてくれた。

近づいていくと、ゴツゴツした岩山の麓に国旗を掲げた塔が現れた。

明るい黄色の布地に王冠と虎の紋章を染め抜いた華やかな旗で、この殺伐《さつばつ》とした景色の中でやたらと目を引く。ゲルヘムの国旗だろうかと意外に思って見ていると、先ほどの男が忌々しげに顔を顰めながら「あそこがアドレア陣営だ。うっとおしくて適わねぇ」と毒づいた。

――アドレア陣営……？

またも言っている意味はわからなかったけれど、教えてくれたことに一礼してついていく。

山頂まで登りきった一行は、輿が城の正門を潜《くぐ》っていくのを敬礼とともに見送った。少年は男たちに連れられて城壁をぐるりと迂回《うかい》し、小さな通用門から敷地内に入る。身分が低いものはこちらを通る決まりなのだろう。かつて名のある領主に仕えた際も、奴隷が立ち入ることを許される場所や道は事細かに決められていたものだった。

城の中に入ると、二手に分かれたうちの片方から「ついてこい」と顎を決られる。

前を行くふたりはどちらも二十代半ば頃だろうか。この国の人間らしく黒い髪の間から尖った耳が見えている。目上の人間から解放されたことも手伝ってか、ふたりは石畳の回廊を歩きながら雑談に花を咲かせた。

「それにしても、ほんとに奴隷を連れて帰るなんてなぁ。いくらエトランゼが珍しいからって」

「いつものジャミール様の気紛れだ。どうせすぐに放り出されるだろ」

「違いねぇ。……なぁ、こいつも磨いたら少しは見られるようになるのかな」

「さぁな。俺はチラと見るのもご免だぜ。呪われちまう」

　そうしてどれくらい歩いただろう。

　ひときわ立派な扉の前で男たちが足を止めた。

　ドアの両脇に立っていた護衛はすかさず何事かと槍《やり》を構える。

「これはジャミール様のご命令である」

　護衛のひとりが男たちと話す間、もうひとりがこちらをチラと見た。だが少年の赤い目に驚いたのか、慌てて目を逸《そ》らしてしまう。

　すぐに扉は開かれ、少年は中に入るように背中を押された。

「そのまままっすぐ行け」

　ドンと突き飛ばされ、恐る恐る歩き出す。言われるままに手前の部屋を抜けて奥へ進むと、そこには見たこともない世界が広がっていた。

　壁一面の真っ赤なレリーフには向き合った二頭の龍が描かれている。その手前には天蓋のついた台座があり、金細工の施された豪華絢爛《けんらん》な玉座があった。そこに座っている人物こそ、あの輿に乗っていた男性だ。

　――本当に、王様に買われたんだ……。

　なんだかまだ夢の中の出来事のようだ。ふわふわした心地を噛み締めながら、少年はあらためてこの国の王を仰ぎ見た。

　褐色の肌をした筋骨隆々の大男は、暴君王の名にふさわしくギラついた目をしている。年齢は五十歳ほどだろうか。龍人の特徴である黒髪はウェーブがかっており、先の尖った耳からはいくつもの宝石がぶら下がっていた。国がどんなに貧困に喘《あえ》ごうとも彼の周囲だけは豊かなのだろう。

独裁政権を敷く龍人の王は、その黒い瞳で値踏みするように少年を眺めた。

「おい。おまえ」

そこへ、鋭い声が飛んでくる。

バザールで案内役を務めていた男性だ。玉座の近くに立っているということは、それなりに身分のある人だったのだろう。王とは対照的にかなり痩せていて生気のようなものは感じられない。けれど人を人とも思わぬ冷たい目だけはどこか似ていた。

「ジャミール様の御前だというのに、奴隷の分際で何をしている」

「す、すみません」

しまった。物珍しさに感《かま》けてとんでもない無礼をしてしまった。

バザールで奴隷商人たちが跪いていたことを思い出した少年は、急いでそれを真似《まね》しようとしたのだけれど、焦ったせいで足が縺れ、べちゃっと腹這いに転んでしまった。

「……っ」

したたかに打ちつけた膝が痛い。手のひらや額も打ってしまった。

みっともなく倒れた少年に、王をはじめその場にいた男たちから嘲笑が起こった。

「なんと不格好な」

「奴隷というのは地ベタが好きな生きものなのだ」

なんとも言えない居心地の悪さを噛み締めながらやっとのことで起き上がった少年に、ジャミールと呼ばれたゲルヘム王が「おい」と声をかけてくる。その目は爛々と光り、頭から一呑みにされてしまいそうなほどの迫力があった。

「おまえがなぜ買われたか、わかっているだろうな」

「こ、この見た目、でしょうか……」

「そうだ。そのツラでこれまで何人誑《たぶら》かしてきた？　さぞや男を咥《くわ》えこんできたのだろうな」

「え…？」

「初心《うぶ》なふりが得意か。夜伽《よとぎ》の嗜《たしな》みぐらい備えているのだろうな。言っておくが、この俺を愉しませるには一筋縄ではいかないぞ」

「よ、よとぎ……？　あの……？」

　何を言われているのか皆目見当もつかず、少年は助けを求めて辺りを見回す。さりとて答えるものなどいるわけもない。

　さすがに様子がおかしいと気がついたのか、王の取り巻きたちは怪訝《けげん》そうな顔でこちらを見ている。ジャミールも肘掛けに凭《もた》れかかりながら不機嫌そうに顔を顰めた。

「エトランゼというのはこんなものか。変わっていると聞いて期待もしたが」

「ですから、エトランゼなどおやめになった方がと申し上げたのです。このような朴念仁《ぼくねんじん》にいったい何ができましょう」

　横から案内役の男が口を挟んでくる。

　ジャミールがギロリとそれを睨んだ。

「買う買わないは俺が決める。おまえの知ったことではない。ハッサム」

「こ、これは出過ぎたことを……。大変失礼いたしました」

　ペコペコと何度も頭を下げるハッサムにジャミールがフンと鼻を鳴らす。それから少し考えるような間を置いた後で、彼はニヤリと口角を上げた。

「いいことを思いついたぞ。知らぬなら、仕込めばいいのだ。カルディエムを呼べ。あの禁欲好きな男にも愉しみを分けてやろうではないか」

「なるほど、さすがはジャミール様。寛容なお心をお持ちでいらっしゃいます」

ジャミールと顔を見合わせニタリと嗤《わら》ったハッサムは、すぐに近くの侍従に指示を出す。

しばらくすると、黒い長衣を纏ったひとりの男性が現れた。

すらりとした長身の背にゆるく波打つ黒髪を垂らし、凛《りん》と立つ姿からは近寄りがたい気品を感じる。歳《とし》は二十七、八といったところだろうか。龍人らしく褐色の肌に尖った耳をした彼だが、ジャミールたちとは違って珍しい緑青色の目をしていた。

変わった色の目をバザールでも何度か見かけたことはあるけれど、あんなに美しいエメラルドグリーンを見るのははじめてだ。宝石のように澄んだ瞳がエキゾチックな雰囲気によく似合っていた。

どうしてだろう。彼の周りだけが光り輝いているように思える。内側から知性が滲《にじ》み出ているからかもしれない。ジャミールたちとはかけ離れた雰囲気を持つその人に少年の目は釘付《くぎづ》けになった。

「陛下、カルディエムでございます。お呼びでございますか」

落ち着きがあって耳馴染《なじ》みのいい、少しだけ高めの声だ。

「奴隷を買った」

ジャミールが顎を決ると、緑青色の目がこちらを向いた。ぼんやりしていたせいで少年は目を伏せることも忘れて真正面からカルディエムを見上げてしまう。

けれど驚いたことに、彼はエトランゼを見ても目を逸らさなかった。顔を歪《ゆが》めたり、揶揄ったり、あるいはニヤニヤと嘲笑を浮かべることもなくただ静かに見下ろしてくる。

――不思議な方、だな……。

驚く少年をよそに、ジャミールは愉しくてしかたないとばかりに喉奥で嗤った。

「カルディエム。この奴隷を手取り足取り躾《しつ》けろ。

俺好みになるようにな」

「……畏《おそ》れながら、ご命令の相手をお間違えでは」

「おまえは常日頃から、人の役に立ちたい、それが自分の使命だと言っていたではないか。その望みを叶《かな》えてやろうというのだ。ありがたく思え」

　カルディエムは答えない。

　それがまたジャミールをおもしろがらせるのか、王は頬杖《ほおづえ》をつきながらわざとらしく目を眇《すが》めた。

「どうした。困ったような顔をして。よもや俺の気遣いが不服か？」

「王よ。私はあなた様より神官の役目をいただき、神にお仕えしております。その私に、閨《ねや》での作法を仕込めとおっしゃるのですか」

「いくら神官とはいえ、おまえも男だ。知らぬわけではあるまい？」

「……」

　カルディエムの顔からいよいよ表情が消えていく。

　王の取り巻きたちはこれ見よがしに目配せし合ったり、聞こえるほどの大声で騒ぎ立てたりとやりたい放題だ。

「あの神官様ともあろうお方が、奴隷のエトランゼに手解《てほど》きとは」

「なまじ禁欲的な生活を送っておられるだけに、我々には思いもよらぬ知識をお持ちかもしれぬ」

「さすがはジャミール様、それを見越しての人選とは。カルディエム殿も名誉なことだ。禁欲も一時解禁というわけでございますな」

「こらこら。あまり煽《あお》ってはカルディエムもやりにくかろう。なにせ神官の秘技を発揮せねばならんのだからな」

　王に窘《たしな》められ、取り巻きたちがゲラゲラと嗤う。どうやらジャミールはこの悪巧みが思いのほか気に入ったようで、無言のカルディエムと少年を交互に見ながらニヤリと口端を持ち上げた。

「あぁ、あの白い肌を組み敷くのが愉しみだ。うまく仕上がっていたら、ハッサム、おまえも伽に呼んでやろう」

「わっ、わたくしめも……！　それはそれは、光栄でございます」

　ハッサムが昂奮《こうふん》した様子で甲高い声を上げる。やに下がっただらしない顔を向けられ、形容しがたい気色悪さに少年はとっさに目を背けた。

　ふと見れば、カルディエムもその美貌を苦々しげに歪めている。その表情から察するに、相当不本意なことを言われているのだろう。それでも王の命令である以上、引き受けざるを得ないに違いない。

　それなら、自分にできることはひとつだけだ。

「カルディエム様」

　思いきって名を呼ぶと、カルディエムは驚いたようにこちらを見た。まさか奴隷に話しかけられるとは思いもしなかったのだろう。身分を考えればいけないことだけれど、それでもどうしても伝えておきたかった。

「どんなことをするのかはまだわからないのですが、ご迷惑をおかけしないように一生懸命頑張ります。よろしくお願いします」

　ぺこりと頭を下げた途端、なぜか王やその取り巻きたちが行儀悪く噴き出した。

「やる気のある奴隷だ。仕込み甲斐《がい》があるな、カルディエム」

「……畏れ入ります」

　手を叩《たた》いてよろこぶ王に、カルディエムは淡々と頭を下げる。

　何か拙《まず》いことを言ってしまったのかもしれないと不安になったものの、どうしたらいいかわからずにオロオロしていると、顔を上げたカルディエムと目が合った。

「あ…」

凪《な》いだ海を思わせる目でまっすぐに見つめられ、縫い留められたように動けなくなる。美しい緑青の瞳は、かつて奴隷船から見た大海原を思い出させた。できるならもう一度海を見てみたい。広い世界があることを感じたい。……奴隷として生きる自分には過ぎた望みとわかっていても。

――欲張ってはいけない。

今日も命がある。それだけで充分だ。自分は王に買われた奴隷のひとりとしてここで生き延びる術を身につけるだけだ。そう自分に言い聞かせ、少年は師となる人を見上げた。

――カルディエム様。

運命の名を心に刻む。

これからの日々に胸を高鳴らせながら、少年はもう一度深々と頭を下げるのだった。

「…………ん……、んー……」

瞼《まぶた》に降り注ぐ朝の光に意識の底を揺さぶられる。

眩《まぶ》しさに顔を顰めながら起き上がった少年は、そこがいつもの奴隷小屋でないことにハッと目を瞠《みは》り、すぐに事の顚末《てんまつ》を思い出して静かに安堵《あんど》のため息をついた。

「そうだった。昨日、お城に……」

なんて目まぐるしい一日だったのだろう。

あの後は小さなパンをひとつもらい、「邪魔にならないように」とだけ言われて放り出されたので、厩舎《きゅうしゃ》の隅でありがたくパンを齧《かじ》ってから干し草にくるまって眠った。奴隷に部屋が与えられないことなど慣れっこだ。それに、バザールにいた頃は狭い小屋に五人も十人もいっぺんに押しこまれていたから、ひとりでぐっすり眠ることができただけでもありがたかった。

思いきり伸びをし、あらためて手足を見下ろす。

もう重たい枷《かせ》もついていなければ、そこから伸びる鎖もない。物心ついた頃からずっと自分を縛っていたものが切れただなんて、なんだかちょっと不思議な気分だ。

　これからここで、新しい生活がはじまる。

「そうだ」

　昨日引き合わされた神官から教わることがあるのだった。彼に迷惑をかけないためにもできるだけ早く言われたことを身につけて、王の命令に応えなければならない。

「カルディエム様はどこにいらっしゃるのだろう」

　ゴソゴソと藁《わら》を掻き分けながら立ち上がると、それに気づいた馬たちがこちらを見下ろし、ブルル…と鼻を鳴らしてくる。

「うるさくしてごめんね。泊めてくれてありがとう」

　そっと鼻面を撫でてやると、やさしい目をした黒馬は目を瞑《つむ》ってそれに応えた。

　昔、動物たちの面倒を見る仕事を任されていたことがあり、馬や牛の扱いには少しだけ覚えがある。二頭、三頭と鼻先を寄せてきた馬たちを順番に撫で、キスをしてもう一度一泊の感謝を伝えると、少年は閂《かんぬき》を外して厩舎の外へ足を踏み出した。

「わぁ。いい天気」

　どこまでも抜けるような青空が広がっている。

　清々しい気持ちで深呼吸をしていると、遠くから誰かがやってくるのが見えた。カルディエムによく似た格好の黒尽くめの男性だ。

　彼はすぐ前までやってくると、やれやれと大きく息を吐いた。

「探したぞ。まさかこんなところに隠れていたとは」

「え？」

「俺はシド。神官としてカルディエム様の補佐を務めている。教育をはじめるに当たっておまえを連れてくるようにと」

それで朝からあちこち走り回っていたのだそうだ。褐色の肌に尖った耳ということは、彼も龍人なのだろう。ウェーブがかった黒の短髪が男らしく彫りの深い顔立ちに映える。声は低く落ち着いていて、がっしりとした体格とも相まって軍人のような印象を受けた。

昨日カルディエムも着ていたけれど、この黒い長衣は聖職者の制服のようなものなのだろうか。首は詰め襟のようになっていて、上衣はぴったりと身体に沿い、腰から下はロングスカートのように広がっている。その長いことといったら、辛うじて踵《かかと》が見えるほどだ。

物珍しさからついしげしげと見ていると、視線に気づいたシドが「これは神官の正装だ」と教えてくれた。

「生まれたところに教会はなかったか」

「そういうものは、縁がなかったので……」

使い捨ての奴隷に神の言葉など必要ないと言われて育った。だから祈ったことはおろか、文字を書くことも、それを読むことすらできない。

素直に打ち明けるとシドは少し驚いた様子だったが、少年の手首に刻まれた手枷の跡に目を落としながら「そういうことだったのか」と呟《つぶや》いた。

「生い立ちは人それぞれだ。だが、いついかなる時も神は我々を受け入れてくださる。そういったこともカルディエム様に教わるといい。それがおまえのためになる」

「は、はい」

熱意に押されて頷《うなず》くと、シドは満足気に微笑《ほほえ》んだ。

「ついてこい」

そう言ってくるりと踵を返すなり、黙って歩いていってしまう。このままでは置いていかれると少年は慌てて背中を追った。

それにしても、敷地内には建物がたくさんある。

石造りの塔や武器庫、演習施設、それに厩舎や納屋と様々だ。それらをすり抜けるようにして最終的に辿《たど》り着いたのは城の外れにある離れだった。

　シドは慣れた様子で扉をノックすると、応《いら》えを受けて押し開ける。

　その瞬間、爽やかな植物の香りに包まれて少年は面食らってしまった。

　幾何学模様のタイルを敷いた床の上には所狭しと植物の鉢植えが置かれている。丸く硬い葉を茂らせたもの、細い房状の葉を垂らしたもの、天井から吊《つ》り下げられた蔦《つた》状のものまでその姿は実に様々だ。どおりでいい匂いがする。無骨な石造りの壁に囲まれた城の中で、こうもほっと息が吐ける場所があるとは思わなかった。

　部屋の奥ではカルディエムが跪いている。窓辺に設《しつら》えた祭壇の前で祈りを捧げていたようで、ふたりの来訪に彼はゆっくりと立ち上がった。

「カルディエム様。お連れしました」

「ありがとう。こちらへ」

　言われたとおり、すぐ前まで歩み寄る。

　実際に向き合ってみると、自分より頭ひとつ分も背が高いことに驚いた。少年の目線がやっと肩に届くかどうかといったところだ。肩幅は広いし、胸板も厚い。まさに大人の男といったふうで、自分にはないものの塊に思えた。

　涼やかに切れ上がった双眸《そうぼう》、意志の強さを窺《うかが》わせるまっすぐな眉。鼻筋はすうっと通り、そこから薄く形のいい唇に視線を誘う。そのすべてが芸術品のようで驚いたけれど、中でもやはり深い海を思わせる緑青色の瞳が神秘的で目を奪われた。

　――こんな人、いるんだな……。

　城中の女性どころか、男性でさえ魅了してしまいそうだ。

　固まったままの少年を緊張していると思ったのか、

カルディエムはおだやかに微笑んだ。

「そんなに畏《かしこ》まることはありませんよ」

「あ…、あの……」

まっすぐに顔を覗きこまれて狼狽《うろた》えてしまう。

　初対面の時もそうだったけれど、カルディエムは赤い目を怖がらない。白い肌も、銀色の髪もだ。エトランゼをこうも真正面から見据えるのは自分を値踏みした奴隷商人ぐらいだったから、逆にこちらの方が戸惑ってしまう。

　ひとりでそわそわしていると、カルディエムが右手を差し出してきた。

「自己紹介をしましょう。私の名はカルディエム。神官として神に仕える身です」

「……？」

「握手をしていただけたら」

「あっ！　ごめんなさい。その…、全然、思いつかなくて……」

　握手を求められるなんて生まれてはじめてだ。慌てて右手を差し出そうとして、手のひらが汚れているかもしれないと気づいて服の後ろでゴシゴシ擦る。こんなことで枷の跡が誤魔化せるわけではないけれど、せめて少しでもマシでありたい。

　気後れしながら手を差し出すと、カルディエムはそれをそっと握った。

「ハッサムからあなたのことを聞きました。陛下が直接奴隷商人から買われたと。バザールには長い間いたそうですね。その前はどこに？」

「船で、何日も行った南に」

「そこでは何をしていましたか？」

「炭鉱で石を運んだり、家畜の世話をしたり、いろいろです。……あっ、洗濯もできますし、道具の修理や刃を研いだりも。それから、マッサージもできます。お役に立てるように頑張ります！」

　大した経験はないけれど、思いついたものを捲し立てる。何かひとつでもこれから教わることとの足しになればと思ったからだ。

　だがそんな思いとは裏腹に、カルディエムは握ったままの少年の手を見ながらため息をついた。

「どおりで苦労した手をしている。傷だらけで、痩せ細って……。これがあなたの、今日まで生きてきた証《あかし》なのですね」

「ご、ごめんなさい。汚くて……」

　手首の痣《あざ》に触れられ、とっさに手を引こうとする。けれどカルディエムが少年の手を離すことはなかった。

「そんなことはありません。自分をそんなふうに言ってはいけませんよ」

「でも」

「傷や汚れをあなた自身の価値のように言ってはいけない。私の言っていることがわかりますか」

　強い口調で言われてハッとなる。

　それなのに、肝心の意味がわからない。せっかく自分のために言ってくれているだろうに理解できないことが心苦しい。

　気づかないうちに下を向いていたのだろう。強く手を握られて、少年は思わず顔を上げた。

「怒っているわけではないのです。今すぐにはわからなくとも、いずれ理解していただけたら」

「あの、ぼく……」

「ゆっくりいきましょう。何事も焦ってはいけない。ひとつずつ、ひとつずつ」

　カルディエムが微笑んでみせる。

　はじめて会った時は彼を近寄りがたい気品にあふれた人だと思ったけれど、そうやって笑うと途端に親しみやすさが加わって、強張っていた心がふっとゆるんだ。

　だからつい、つられて頬までゆるんでしまう。

「そう。その笑顔です」

すぐさま気づいてもらえたばかりか、肯定までされてますます驚いた。ひどくぎこちない顔だっただろうに。笑うのなんていつ以来か、すぐには思い出せないほどだ。

――ぼく、笑えたんだ……。

なんだか不思議だ。それに、ありのままを受け入れてもらえて心がもぞもぞとくすぐったくなった。自分の中にそんな感情があったことが何より新鮮な驚きだった。

つないでいた手を離し、そっと自分の頬を触ってみる。

そんな少年を微笑ましそうに見下ろしつつ、カルディエムが「ところで」と話題を変えた。

「あなたのお名前を教えていただけますか」

「あ…」

途端に、冷や水を浴びたように現実に戻される。

「………ありません」

「どういうことですか」

「名前が、ないんです」

「ない？　名づけられたことがない……？」

さすがのカルディエムも驚いたようだ。それはそうだろう、普通ならあり得ない。

「すみません。小さい頃のことを何も覚えていないんです。生まれてすぐに人買いに売られたと聞きました。だから、名前もわからなくて……」

もしかしたら名づけ親はいたかもしれない。

けれど、それを教えてくれる人はいなかった。名前がなくても困らなかったし、ずっとそうやって生きてきたからこれが当たり前になっていた。

「こんなこと、誰かに言うのははじめてです。……名前なんて一度も使わなかったから」

「そうだったのですね。あなたにとって辛《つら》いことを訊《たず》ねてしまいました」

「いいえ。そんなの全然」

「自分の心に蓋をしてはいけませんよ。そんな顔をして『全然』などと」

カルディエムは静かに首をふり、考えこむように一点を見つめはじめる。

しばらくすると彼は「それなら」と声を弾ませた。

「あなたに、名を差し上げましょう」

「えっ」

それはあまりに思いがけない提案だった。

「で、でも、ぼくは奴隷です」

奴隷は主人の持ちものだ。個人として認識される存在ではない。せっかくもらっても使えない。

たどたどしく訴える少年に、けれどカルディエムは否を唱えた。

「あなたは、奴隷である前に人間です。虐げられることに慣れてはいけない。人としてのプライドを取り戻さなくては」

「………ぼくが、ですか?」

「物心つく前から売買の対象になってきたあなたには不思議に思えるかもしれませんね。ですが、人は本来、神の前に平等なのです。あなたも、私も、国王も、誰もが同じなのですよ」

雲を掴むような話に首を傾《かし》げていると、カルディエムは祈禱《きとう》書を持ってきて見せてくれた。

一番最初のページには、神に祈る人々の絵が描いてある。描かれた人物の大きさはどれも同じで、そこに身分の差などはない。自分の身の回りにあった常識とあまりにかけ離れた世界に、少年はぽかんとするばかりだった。

「少し時間をいただいて良い名前を考えましょう。その間に身嗜《みだしな》みを整えましょうか。……エマを」

カルディエムが少し離れたところで待機していたシドに声をかける。

彼は一礼して部屋を出ていくと、ほどなくして、侍女と思《おぼ》しき女性をひとり連れてきた。

「エマ。彼を頼みます」

たったそれだけの指示にもかかわらず、エマと呼ばれた年配の女性は自信たっぷりに「お任せくださいまし」と微笑んだ。

ふっくらとしていて血色が良く、イキイキとした表情がとてもチャーミングな人だ。年齢的には母親というより、祖母と言った方が近いかもしれない。肌の色はカルディエムたちより少し淡いが褐色で、龍人らしく耳の先が尖っている。

ツカツカと目の前までやってきたエマは、少年を見るなり豪快に笑った。

「おやまぁ、泥だらけだね。髪も縺れっぱなしじゃないか。こりゃ、やり甲斐があるってもんだわ」

すぐさま浴室に引っ張って行かれ、袖捲りをした三人の侍女たちに裸にされる。

これまで盥《たらい》の水で行水を許されたことはあっても、たっぷりの湯を浴びるほど使って湯浴みをしたことなんて一度もない。「お湯がもったいないです」「桶《おけ》ひとつ分でいいんです」と懇願する少年を、エマは「はいはい」と右から左に受け流した。

たっぷりの泡で手際よく洗い上げられる。慣れない事態に慌てふためいては「じっとしてなさい」と叱《しか》られ、泡が目に入っては「染みる！」と大騒ぎし、途中で逃げようとしては連れ戻された。

「まったく、小さな子供と一緒じゃないか。ほら、もう泣かない」

「泣い、て、ないっ…、です……」

ぐすぐすと鼻を啜《すす》りながらまだ痛む目を擦る。

「あぁ、もう。目が真っ赤。もともとだけどさ」

「ごめんなさい」

「なんで謝るんだ。あんたは悪くないだろ」

当然のことのように言われ、そこではじめて気がついた。彼女は自分から目を逸らさない。他の三人の侍女たちもだ。

「あの…、ぼく、エトランゼですよ……？」

「だから何だって言うんだい。それに、その見た目だからジャミール様に買われたんだろ。堂々としてなさいよ。あんたがここにいる理由なんだから」

「ぼくが、ここにいる理由……」

　そんなもの、これまで考えたこともなかった。

　物思いに耽《ふけ》っていると、それを混ぜっ返すように頭からザバーッとお湯をかけられる。

「ぷはっ」

「ま！　きれいになったこと！」

　最初に目を丸くしたのはエマだ。他のふたりも興味津々とばかりに真正面から顔を覗きこんでくる。皆エマと同じぐらいの年齢で、体型や喋《しゃべ》り方も似ていて姉妹のようだ。

「あらまー。こんな色の髪だったの」

「どうりでお湯が真っ黒になるはずだわ」

「鳥の巣頭がサラサラになったわねぇ」

　明るく笑う彼女たちの素晴らしいチームワークによってあっという間に身体を拭かれ、濡れた髪を乾かされる。ついでに爪や眉も整えられて、仕上げに香油を擦りこまれた。

　おかげでびっくりするほど肌がすべすべになった。折れたり欠けたりしてボロボロだった爪も丸く整えられてピカピカになったし、なにより信じられないほどさっぱりした。身体が羽根のように軽くなった気がする。

　最後に、当面の生活着として生成りの貫頭衣を着せられた。腰を紐《ひも》で結んだだけの質素なものだが、擦りきれて穴だらけになっていた前の服よりずっといい。清潔で、肌触りがよくて、それになんだかいい匂いまでする。

「きれいにしてくださって、どうもありがとうございました」

　そう言うと、侍女たちは朗らかに笑った。

「お礼なんて言われるとは思わなかったわ」

「お安いご用よ。それに、あんたは洗い甲斐があって楽しかったしね」

それを言われると恥ずかしい。もじもじする少年を見て、またも侍女たちは肩を揺らした。

「あんたもお役目は大変だと思うけど、カルディエム様がついていてくださるから大丈夫よ。あたしたちも困ったことがあったら何でも相談するの。虐げられたもの同士、心強いしね」

「え？」

最後の言葉が引っかかる。

思いきって訊ねてみようかと思ったものの、それより早くシドが顔を覗かせた。

「終わったか」

「シド様」

「おまえひとりじゃまだ城内を歩けないだろうから迎えにきた。ついてこい」

そう言うなり、今朝と同じように返事も待たずに歩き出してしまう。

慌てる少年の背中をトンと押してくれたのはエマだった。

「ほら、お行き。せっかくシド様が来てくださったんだから」

「シド様は気が短いからね。迷子になって面倒をかけるんじゃないよ」

「聞こえているぞ。エマ。レマ」

シドがピタリと立ち止まり、肩越しにこちらをふり返る。自分だったらふるえ上がってしまいそうな場面だが、エマたちは慣れているのか涼しいものだ。

「達者で頑張んなさいよ」と手をふってくれる三人にぺこりと頭を下げると、少年は再び歩き出したシドの背中を追いかけた。

それにしても、こうして歩いてみると城というものがとても複雑な造りをしているのがよくわかる。

狭い階段を昇ったと思ったらまた降りたり、短い廊下を何度も曲がったりとまるで迷路だ。キョロキョロと辺りを見回していると、それに気づいたシドが目だけでこちらをふり返った。

「増改築をくり返してできた建物だからな。どこへ行くにもこの調子だ」

「そうだったんですね」

「まぁ、困ったら中庭に出るといい。回廊を通れば概《おおむ》ね行きたいところへは行ける」

シドが窓の外を指す。

見れば、四方を建物でぐるりと囲まれた真ん中に庭があり、それぞれの建物を結ぶように回廊が巡らされていた。塔と塔の行き来がしやすいだけでなく、すべての塔から中庭の景観を楽しむこともできる。よくできたものだ。

感心しながら主塔を出たふたりは、王族専用という礼拝堂の脇を通って離れへと戻った。


シドは少年を送り届けるなり、「では、これで」と早々に出ていく。彼にも仕事があるだろうに世話になりっぱなしで申し訳ない。

前に立ったカルディエムは、少年を見るなりエマたちと同じように「ほう」と目を丸くした。

「これは驚いた。見違えましたね。エマたちもびっくりしていたのではありませんか」

「はい。洗い甲斐があって楽しかったって……」

風呂場でのことを話して聞かせると、カルディエムは手を口元に当てながらおかしそうにくすくすと笑った。

「目に浮かぶようだ。お喋りの好きな、いい方たちだったでしょう」

「はい。とっても」

「それは良かった。あたたかいお湯と楽しいお喋りで、あなたの気持ちもだいぶ解《ほぐ》れたようだ。身体がさっぱりすると心も晴れ晴れとしますからね」

カルディエムはそう言って、ポケットから小さな紙片を取り出した。

「あなたに、約束の名を差し上げましょう」

「え？　あっ」

手渡された紙にはなにか書いてある。

文字が読めない少年に代わって、カルディエムはひとつずつ指さしながら「ユ、リ、ア、ス」と読み方を教えてくれた。

「私が生まれ育った部族の言葉で『慈しむもの』という意味です。少しずつ己を知って、己を磨いて、そして自分自身を大切にできるように。その愛情を他者にも向けられるように。どうか、慈しみの心を持って生きてください」

「カルディエム様……」

紙に目を落とし、名づけ親を見上げ、そしてもう一度紙片の文字を目で追ううちに、胸の奥から熱いものがぐうっと迫《せ》り上がってくる。

「ぼくの、名前………」

自分のために考えられた名前。

そこにこめてもらった願い。

そのひとつひとつがやさしい雨のように心の中に染みていく。もらった紙片を胸に抱き、ユリアスはぎゅうっと目を閉じた。

たとえ書かれた字は読めなくとも、これはとても大切なものだ。何ひとつ持たずに生きてきた自分がはじめてもらった宝物だ。

「ユリアス……ユリアス。ぼくの名前」

何度も何度も口に出して唱えてみる。くすぐったいのにうれしくて、どうしようもないほど泣きたくなった。今日から自分はユリアスだ。自分の名前はユリアスだ。

「気に入ってくれましたか」

やさしい声にハッとして顔を上げると、その拍子に眦《まなじり》から涙が落ちた。

「泣かせてしまいましたね」

カルディエムがそっと指先で涙を拭ってくれる。そのやさしさがうれしくて、瞬《まばた》きをするたびに涙がぽろぽろとこぼれ落ちた。

「あ、あの…、うれしいです。すごく。とっても。ありがとうございます」

「よろこんでもらえて良かった。あらためて、これからよろしくお願いしますね。ユリアス」

「はい！　カルディエム様」

ユリアスと呼んでもらった。

ひとりの人間として認めてもらった。

それがこんなにうれしい気持ちになることだなんて、想像したこともなかった。

「ぼく、これから一生懸命頑張りますね。素敵な贈りものをくださったカルディエム様に少しでもご恩返しができるように」

昨日、ジャミール王はよとぎと言っていた。それがどういうものかはわからないけれど、カルディエムの教えを守って一日も早く一人前にならなくては。ジャミールは「俺を愉しませろ」と言っていたから、相手を心地良い気分にさせることなのだろう。それならカルディエムほど適任の人もいない。

期待をこめて見上げたのだけれど、なぜか彼は眉間に皺《しわ》を寄せるばかりだった。

「あの……カルディエム様……？」

なにか失礼なことを言ってしまっただろうか。

それとも、文字も読めないユリアスには前途多難だと心配させてしまっただろうか。

恐る恐る目で問うと、カルディエムはなんとも言えない顔で首をふった。

「念のため伺っておきますが、夜伽がどういうものであるか、想像できますか」

「いいえ。でも、相手を楽しませることだから……ええと、踊りとか？　歌、とか……？」

「恋人がいたことは？　誰かと肌を合わせたり、抱き合ったことはありますか」

「へっ？」

驚きに目がまん丸になる。

そんなことを訊かれるとは思わなかったからだ。ぶんぶんと首をふると、カルディエムは一瞬ほっとしたように表情をゆるめ、すぐさまさらに深い皺を眉間に刻んだ。

「一足飛びにそれだけを教えることもできますが、私はあなたに人としてもっと豊かになってほしい。そのためにも、まずは身嗜みや礼儀作法の教育からはじめたいと思います」

「で、でも…、それでカルディエム様が叱られたりしませんか」

「私の心配をしてくださるのですか。あなたの方がよほど切羽詰まった状況なのに」

カルディエムが困ったように眉根を下げる。

「王の命令に背くわけではありませんよ。正しい振る舞いを覚えることは、王のお相手としてだけでなく、今後のあなたの人生そのものを助けます。身につけておいて損はありません」

「そういえばシド様が、神様のこともカルディエム様に教わるといいって言っていました」

「あなたに興味があれば、もちろんよろこんで教えましょう。心の支えになるでしょうから」

「本当ですか。ありがとうございます！」

次々に起こる奇跡に眩暈《めまい》がしそうだ。自分が誰かに親切にしてもらうことがあるなんて、想像もしたことがなかった。

「カルディエム様は不思議です。こんなぼくにとても良くしてくださって」

これまで仕えたどの主人とも違う。やさしくて、あたたかくて、わからないことがあっても怒鳴ったり殴ったりしない。それどころか名前まで与えてくれた。人生が豊かになるように、さらにいろいろなことも教えてくれるなんて。

　あらためて感謝を伝えたつもりだったのだけれど、話を聞いたカルディエムはなぜか顔を曇らせた。

「あなたの主人はどんな人たちでしたか」

「えっと……楽しいお話ではないんですが……」

　思い返せばいつも大声で怒鳴られていた。主人の機嫌が悪い時は執拗《しつよう》に鞭《むち》で打たれたり、足蹴にされたりすることもあった。抵抗すればもっと酷《ひど》い目に遭うからできるだけ小さくなって、嵐が過ぎるのを待つしかなかった。

「余計な口を叩くな」が商人の口癖だったっけ。それでいて黙っていると「何とか言え」と殴られることもあり、ユリアスは思考を放棄した。「ごめんなさい」と謝ってばかりの人生だった。

「なんと酷いことを……もっと早く出会えていたら、あなたを助けられたのに」

「カルディエム様」

「辛い思いをしましたね。よく耐えて頑張りましたよ、ユリアス」

　労《いたわ》るような眼差しにこれまでの苦労も消えていく。自分のことのように辛そうな顔をする彼を少しでも慰めたくて、ユリアスはぎこちないながらも笑顔を浮かべてみせた。

「元気を出してください、カルディエム様。ぼくはもう苦しくないです」

　心からそう思える。

　カルディエムはこちらをじっと見つめ、昂《たかぶ》りを鎮めるようにゆっくりと息を吐き出した。

「あなたを救い出してくれたことを王に感謝しなければなりませんね。ただの気紛れだったとしても、こうしてあなたに会えたのですから」

「それならぼくも。ぼくも、ジャミール様に感謝します。カルディエム様に会えてうれしいです」

これを『運命』と呼ばすしてなんと呼ぼう。彼に出会ったことで自分の人生は変わろうとしている。

そう言うと、カルディエムは「それなら」とひとつ提案をくれた。

「辛い過去はここに置いて、今日から新しい人生をはじめるつもりで生きてみてはいかがですか」

「新しい人生？」

「そう。ユリアスとしての人生を」

そうだ。今日は名前をもらった特別な日だ。生まれ変わるなら今日しかない。

「そうします！」

勢いよく答えると、カルディエムはわずかに目を瞠った後で噴き出した。

「その意気です。さて、そうと決まれば善は急げ。やることはたくさんありますよ。ビシビシ扱《しご》きますから覚悟しておいでなさい」

「ありがとうございます。頑張ります」

今度はカルディエムも笑いながら頷いてくれる。

それがうれしくて、くすぐったくて、ユリアスは目をきらきらと輝かせながら師となる人を仰ぎ見た。

――一生懸命やろう。そして、少しでもお役に立つんだ。

自分を籠から出してくれたジャミール王のために。

自分を育ててくれるカルディエム様のために。

清々しい気持ちでユリアスは己に誓うのだった。

＊

マンツーマンの授業がはじまって二週間。

師であるカルディエムは非常に聡明《そうめい》な人で、幅広い知識を持ち合わせているだけでなく、それぞれに深い造詣を備えていた。

彼の話を聞いていると世界の広さに触れたような、同時に己の世界の狭さに気づかされたような不思議な気持ちになる。それは心細さにもどこか似ていて、戸惑うユリアスに「学ぶということは、知らないということを知ることです」と彼は難しいことを言ったりもした。

それでも、学ぶことは楽しい。

これまで読み書きも、計算も、何ひとつ教わる機会のなかったユリアスにとって知識は栄養のようなものだ。与えられる情報を次々に飲みこんでは恐るべきスピードで消化吸収していった。

平行して、身嗜みや礼儀作法も教わった。

正しい服の着方や靴の履き方、歩き方や座り方といった基本的なことから、身分ごとに定められた挨拶の仕方や話し方、敬礼の捧げ方などの振る舞いについてもくり返し練習を重ねた。

はじめのうちは朝起きても髪を梳《と》かすのを忘れたり、服を後ろ前に着たり、腰紐がうまく結べなかったりといろいろあったけれど、毎日のルーティンの中で自然と覚えた。少しずつできることが増え、信頼を積み重ねることで、カルディエムが行う礼拝を見せてもらうこともあった。

信仰がどういうものなのか、ユリアスにはまだわからない。人間の力を超えたところにある絶対的な存在が等しく人を救うというなら、なぜ奴隷という制度がなくならないのか頭を整理することができなかった。

それでも、祈りを捧げる時間は心がおだやかになると感じたし、説教するカルディエムの声は落ち着いていて好きだと思った。彼の手が優雅に聖杯を掲げ、信徒に伸べられるのを見るたびに、自分もあの場にいることができたらと思うようにもなった。

そんなふうにひとつずつ、少しずつ、できることが増えつつある。

猛特訓の甲斐あって、自分の名前もお手本なしで書けるようになった。カルディエムの名前もだ。それから、シドの名前。エマの名前。

　そうやって知っている人たちの名前が書けるようになったユリアスは、今度は地名や歴史上の人物に興味を広げ、関心はやがて地理や歴史につながっていった。

　今日も、いつものように机の上には大きな地図が広げられている。カルディエムはその一点を指しながら「まずはおさらいをしましょう」と授業をはじめた。

「ゲルヘムは国土の半分が海に面した国で、南北に長い形をしています。東隣に位置するのは人の王が治めるサン・シット。軍隊を持たない永世中立国で、その向こうには砂漠が広がっています」

「砂漠？」

「私も実際にこの目で見たことはありませんが、どこまでも熱砂が広がる広大な平野なのだそうです。昼は暑く、夜は凍えるほど寒くなる。生きものを寄せつけない場所なのだと」

「どこまでも熱砂が？　それでは旅のしようもありませんね」

「それでもキャラバンは砂漠を行き来するそうですよ。東方の物資はサン・シットの市で西方のものと交換され、また積み荷を膨らませて帰っていくと聞きました」

　珍しい織物や希少価値の高い香辛料などをどっさり詰んでやってくるという隊商たち。

　迎えるサン・シットのバザールには金や銀、美しい宝石や色とりどりのランプ、それにガラス製品があふれ、どこも光り輝いているのだそうだ。それらが交錯する場所を一度でいいから見てみたい。

　うっとり夢見心地でいると、それを見たカルディエムがくすりと笑った。

「いつかきっと見られますよ。役目を終えて、自由になればいつだって」

「でも、それはカルディエム様とお別れするということですよね。そんなのは嫌です」

「……健気《けなげ》なことを言ってくださる」

カルディエムは微笑みながらそっとユリアスの髪に触れる。

「もしもあなたとの縁が切れることなく自由の身になれたとしたら、その時は、一緒にサン・シットに参りましょう」

「本当ですか。約束ですよ」

「ええ。約束です」

何ものにも代えがたい約束を取りつけ、ほくほくとした顔でユリアスは授業の続きをねだる。

カルディエムは今度はゲルヘムの西側を指した。

「バーゼル川を挟んだ向こうにはローゼンリヒトが、そのさらに西側には大国アドレアがあります。この二国とはかつて戦争があり、多くの尊い命が犠牲になりました」

ローゼンリヒトは獅子《しし》の獣人王が治める国だ。

水に強い龍人たちとは対照的に、獣人である彼らは平地での戦闘力が高い。長らくバーゼル川を挟んで一触即発の睨み合いを続けてきた隣国でもある。

そんなローゼンリヒトとの最初の戦いは九年前。

ゲルヘムの地を侵略したジャミールが欲を出し、隣国まで我がものにしようとして返り討ちにあった。

力ですべてを捻《ね》じ伏せてきた王は敗戦の悔しさを独裁という形で国家に向け、そんな締めつけに反発する形で過激派と呼ばれる連中が騒ぎを起こした。

はじめは国内での運動だったものの、やがてその余波がローゼンリヒトに波及する形で昨年また小競り合いが起きた。一部の武装勢力がローゼンリヒトに傾《なだ》れこんだものの、暴動自体の失敗とともに撤退を余儀なくされ、それきりとなった。

決定打となったのが、その後に起こったアドレアとの戦いだ。

サーベルタイガーの獣人王が治めるアドレアは領土が広いため、五人の王子とその番《つがい》が各領地を治めるという独自の統治法を取っている。

これに対し、真っ向から勝負を挑むより内側から瓦解させた方が効率的と考えたジャミールは、北の王子たちを傀儡《かいらい》として国を乗っ取ろうと企《たくら》んだ。

だが結果的に目論見《もくろみ》は外れ、またも大敗を喫することとなった。

戦後、制裁措置として多額の賠償金を支払わされたばかりか、アドレア・ローゼンリヒト・イシュテヴァルダの三国同盟と条約を締結させられ、監視という名目でアドレア軍がゲルヘムに駐留することになったのだ。

「あ、もしかして、お城のすぐ傍《そば》の……？」

バザールから連れてこられたあの日、黄色い旗を掲げた塔を見かけた。王の取り巻きがそれをアドレア国旗だと教えてくれたのを覚えている。

「あそこはゲルヘム国内でありながら、アドレアの飛び地のようなもの。彼らは塔で生活しながらこの国の行く末を見守っているのです」

「どうしてわざわざそんなことを？」

カルディエムが一瞬にして顔を曇らせる。

彼は自らの心と向き合うように深呼吸をした後で、ゆっくりと口を開いた。

「それは、この国が侵略によって築かれた独裁国家だからです」

今から十五年前――。

ジャミール率いる無法軍隊がバーゼル川東流域を占拠し、その後辺り一帯を武力で制圧してゲルヘムという国家を築いた。もともとそこで暮らしていた少数民族はそのまま支配下に置かれ、非征服民として搾取される対象となった。

侵略者であるゲルヘム軍は気性が荒いことで知られており、その暴虐性を最も体現しているのがジャミールだ。彼の独裁は誰にも止められず、また王の取り巻きたちがそれを助長するため今や手がつけられない状態になっているという。

「龍人は普段は人型ですが、有事の際は身体を鱗で覆い、水中での戦闘力を高めるのです。こうなると獣人たちに勝ち目はありません。それがゲルヘム軍を勢いづかせている」

「鱗というのは、人の姿のままでですか？」

「いいえ。見た目は龍そのものです。両腕は短い前《まえ》肢《あし》になり、両足がなくなる代わりに長い長い尾になります。人間のように言葉を発することはできなくなりますが、別の手段で意思の疎通は図れますし、なにより長時間水に潜れるようになります」

「そんなに変わるんですね。龍人の方はみんな獣化できるんですか？　カルディエム様も？」

「ええ。小さな頃から訓練しますので。獣化は大人になるための第一歩です」

なるほど、龍人にはそんな通過儀礼もあるのだ。はじめて知る龍人というものに興味深く耳を傾けていると、カルディエムが「もうひとつ教えましょう」と言葉を続けた。

「先ほど、身体を鱗で覆うことで水中戦が得意になるとお話ししましたね。それは、水を自在に操る力を秘めた〈龍の鱗〉が生えるからなのです」

「〈龍の鱗〉？」

「そう。生涯たった一度だけ生み出される不思議な鱗です」

龍人であれば誰もが持つというその鱗は、全身を覆う黒い鱗と違って乳白色に光り輝く美しい見た目をしているそうだ。第二次性徴を迎えたあたりから生えはじめ、大人になると自然に剝がれる。つまり、成長によって水を自在に操る力を体得した、龍人としての力が充分備わったと見做《みな》され、一人前として認められるという。

「神秘的な鱗ですね。でも、剝がれちゃうなんてもったいない。取っておいたりしないんですか？」

「もちろん、取っておきますよ。剝がれた〈龍の鱗〉は、我が子が成人するまでのお守りとして家族間で受け継ぐことになっています」

　子供がまだ小さいうちは水難事故に遭わないよう親の鱗で守るのだそうだ。そんな龍人たちの中には〈七色《なないろ》の龍〉と呼ばれる、全身を〈龍の鱗〉で覆われたものもいるらしい。

「ため息が出るほどの美しさ、百年に一度の逸材と讃《たた》えられるほどです。突然変異でしか生まれないこともあって、生きているうちに出会えるかどうかはわかりません。そんな〈七色の龍〉は龍人としての能力も著しく高いのだとか」

　その希少性の高さから崇《あが》められることもあれば、見世物にされてしまうこともあるという。時代ごとに扱いは極端なのだとカルディエムは続けた。

　話を聞いたおかげでユリアスの頭の中は美しい龍のことでいっぱいだ。

　よほどおもしろい顔をしていたのか、こちらを見たカルディエムがふっと笑った。

「これはお話しした甲斐があったようだ」

「すごく興味が湧きました。いつか〈七色の龍〉を見てみたいです」

「ええ、私も。龍人にとって〈七色の龍〉は伝説であり、憧れの存在そのものですから」

　カルディエムは和やかに話を締めくくると「そろそろ休憩しましょう」と席を立つ。

　いつものようにお茶を入れてくれるのだろう。雑事なら自分がと申し出たこともあったが、彼は頑として役目を譲らなかった。自分が入れたお茶を人に飲んでもらうのが好きなのだそうだ。

実際、カルディエムが入れてくれる紅茶は味わい深く、香りも良くて大好きだ。そこに角砂糖をひとつ落としてもらうのが勉強の合間の楽しみになっている。

「さぁ、どうぞ」

「ありがとうございます」

筒状のガラス茶器になみなみと注がれた赤褐色の紅茶。

甘くまろやかなお茶を飲みながら彼と何気ない話をする、こんな時間がとても好きだ。交わす言葉までもがあたたかく、心に染みこんでいくような気分になる。

――カルディエム様も、そう思ってくださっていたらいいな。

忙しい仕事の合間を縫って指導をしてくれている彼にとっても、自分との時間がささやかな気晴らしになっていたら。

そんなことを考えながら顔を上げると、じっとこちらを見つめていたカルディエムと目が合った。

「わっ…」

思わずドキッとなる。

いったいいつからそうしていたんだろう。

「あ、あの……」

何か言わなければと思うのに、うまい言葉が出てこない。そんなふうに見つめられると、海のような美しい瞳に吸いこまれてしまいそうだ。

とうとう照れくさくなって目を伏せると、カルディエムは微笑みながらそっと頬に触れてきた。

「顔が赤い。お茶が熱すぎましたか」

「い、いえ」

「あなたの肌は透き通るように白いから、朱が散ると映えますね。ふふふ。かわいらしい方だ」

やさしく頭を撫でられて、胸はドキドキと高鳴るばかりだ。子供扱いされても嫌な気持ちはまったくなく、むしろそうしてもらえることを素直にうれしいと思ってしまう。彼も自分も男性なのにどうしてだろう。こんなことははじめてで、ユリアス自身もよくわからなかった。

　カルディエムの目を見るとドキドキしてしまう。彼が微笑むとうれしくて、もっと見ていたくなる。礼拝中の凜々《りり》しい姿も、授業中のキリリとした彼も、そして一緒にお茶を飲む時のおだやかな顔もどれも目に焼きつけたいと思うほどだ。

「ユリアス。こちらを見て」

　やさしい声に促されてそろそろと顔を上げたユリアスだったが、真正面から目を合わせた美丈夫にまたも撃沈することになった。

「あ、あの…、今はダメです。恥ずかしくて見られません」

「どうして？　恥ずかしいことなどないでしょう」

「だって、カルディエム様が見てるから……！」

言葉を選ぶ余裕もない。

ヤケっぱちな様子がおかしかったのか、カルディエムは珍しく声を立てて笑った。

「あなたは照れるとこうなるのですね。これは貴重なものが見られた」

「……カルディエム様の意地悪」

　気恥ずかしさに顔を真っ赤にしながら上目遣いに睨み上げる。

　それでも八つ当たりをしていられたのははじめのうちだけで、楽しそうなカルディエムを見ていたら我慢できなくなってしまい、つられて一緒に笑ってしまった。

　茶器を傾ければ、溶け残った砂糖が口の中でシャリシャリと音を立てる。

　うっとりするような甘さと心地良さに浸りながら、ユリアスは胸の中にも甘やかなものが広がっていくのを感じていた。

遠くから近づいてくる足音にユリアスは水遣りの手を止め、顔を上げた。

きっとカルディエムだ。シドも一緒だろうか。

迎えに出ると、扉を開けて入ってきたのは案の定カルディエムたちだった。日曜礼拝の務めを終え、表情こそ落ち着いているものの、なぜか纏う気配はピリピリとしている。

「お疲れさまでした。カルディエム様。シド様」

「ありがとう」

カルディエムは応えてくれたが、シドは苛立ちを隠しもせずに「まったく！」と声を荒げた。

「あの方は礼拝堂をなんだと思っているのだ。神の前で、あんな不埒《ふらち》な格好をさせた愛妾《あいしょう》たちを侍《はべ》らせるなど。祈りもせず、説教に耳も傾けず、挙げ句の果てに服まで脱がせて……！」

どうやら先ほどの礼拝でジャミールたちが騒ぎを起こしたらしい。

「信仰心など微塵《みじん》もないくせに格好だけは一人前だ。そんなだから国民も逃げる」

「シド」

カルディエムが窘めるものの、シドは顔を顰めただけだった。

「あの……国民も逃げるって……？」

気になって訊ねてみると、ふたりは顔を見合わせ、どちらからともなくため息をつく。

「王の横暴さに耐えかねて、国を捨て逃げ出すものが増えているのです」

「まるで歯止めがかからない。隣国サン・シットにはすでに大勢が逃げこんだという話だ」

サン・シットは、ゲルヘムのすぐ東隣にある永世中立国だ。

ゲルヘムからの亡命者を真っ先に受け入れてくれ

ていたが、その数があまりに多く、ついに許容量を超えたために受け入れをストップされてしまった。進退窮まった民衆の中には西側のローゼンリヒトに助けを求めたものもいるらしい。

「ローゼンリヒトに……？　でも、敵国じゃないんですか？」

「ここにいては遅かれ早かれ殺されてしまう。ならば、たとえ敵国だとしても慈悲に縋りたくなるのが人間というものかもしれません。半ば追い立てられるようにバーゼル川を渡り、国境を越えたものも多くいました。私の弟もそのひとりです」

「カルディエム様の……弟？」

　驚きに語気を強めると、カルディエムは静かに頷いた。

「ヤトゥは子供が大好きで、村で唯一の小学校で教師の仕事をしていました。ゲルヘム軍の軍国主義に逆らって自由教育を推奨しようとしたことで追われる身となり……亡命を余儀なくされたのです。彼のふたりの友人も同じ時にそれぞれの理由で亡命していきました」

　カルディエムは遠くを見るように目を眇める。

「彼らが今どうしているか、私には知る術はありません。連絡を取りたくとも他国との通信手段がないのです。船の出入りは制限され、すべての荷に軍の検閲が入ります。手紙などを託しても握り潰されてしまう」

「そんな……」

「この国には属国を除いて国交というものがない。だから国際的な支援も期待できない」

　シドがギリッと奥歯を噛みながらつけ加えた。

「どうすればいいんですか。どうやったらヤトゥさんたちの無事が確認できますか」

「手っ取り早い方法なら、三国同盟に認めてもらうことだろうな」

そのためには国の体制を刷新しなければならない。独裁体制を革《あらた》め国民に推挙された新しい王を立てるか、あるいは王政そのものをやめて共和制とし、議会を制定して民衆自らが国を動かすか。

いずれにせよ、あのジャミールが許すはずがない。

「もとは平和な国だったんだ。部族同士、助け合って慎ましく暮らしていたのに……」

シドが悔しそうに顔を歪める。

しあわせな日々はある日突然終わりを告げた。ゲルヘム軍の侵攻という出来事によって。

「私もシドも、軍隊がやってくるよりずっと前からこの地で暮らしていました。彼はラクサ、私はルクシュという部族の出身で、エマも同じくルクシュの民です。我々は制圧された側ですので要職には就けません。王の周囲にいるのは軍の関係者と、一部の特権階級のみです」

「神官というのは要職ではないんですか!?」

「本来であれば神の言葉を人々に伝える尊い仕事です。ですが、王族専用の礼拝堂では……」

無礼講が日常茶飯事だと聞いたばかりだ。

「王は人心掌握の道具として俺たちを利用している。神に祈るふりをしたいだけだ。その方が民衆は言うことを聞くからな。神の言葉だと言えばどんな無茶も通ると思っている」

「シド。言いたいことはわかりますが、言葉が過ぎます」

「王はカルディエム様の頭脳や人徳を警戒して無理難題を押しつけるばかりではありませんか。王が憎くはないのですか」

語気を強めるシドにカルディエムは何か言いかけ、けれど唇を閉じた。そうして己の中で何かを昇華するように呼吸を整えた後で再び口を開く。

「……理不尽を憎く思うことはあります。ですが、尊い人命や民族の誇りを奪われた痛みに比べたら、私のことなど何でもない。軍に反旗を翻して殺されたり、亡命を余儀なくされたりした仲間たちの記憶はあまりに生々しいものです」

　カルディエムが顔を歪める。

「人は皆、それぞれの使命を背負って生きています。神は私に祈りの言葉をお与えになった。同じ痛みを負った仲間のため、遠い異国へ旅立った同胞たちのためにこうして毎日祈っています。彼らへの連帯が私を突き動かしてくれているのです」

　なんということだろう。上に立つのがジャミールでなかったら、きっとこんなふうにはならなかったはずだ。

「カルディエム様がこの国の王様だったらどんなにいいでしょう」

　ぽつりと洩《も》れた呟きに反応したのはシドだった。

「おまえもそう思うか」

「シド様も？」

　思わず顔を見合わせる。

「ふたりとも、滅多なことを言うものではありませんよ。私は王位など望んではいません」

「でも、周りは望むと思うんです。痛みを知る人にこそ上に立ってほしいって」

「ユリアス」

　カルディエムが窘めようと口を開きかけたその時、ノックに続いて侍従が顔を覗かせた。

　これから教会関係者との話し合いがあるそうだ。カルディエムはシドに留守中のことを言い置くと、後ろ髪を引かれるようにして出かけていった。

　シドもこのタイミングで帰るのかと思いきや、珍しく残ることにしたようだ。

「せっかくですし、お茶はいかがですか」

「もらおう」

　苛立った気持ちも落ち着くだろうからと、かつてカルディエムにしてもらったことを思い出しながら細首のポットを火にかける。

　揺らめく炎を見つめながら、はじめてシドに会った時は彼に対して無口な人という印象を抱いたことを思い出した。話してみれば案外気さくで、それにとても情熱的だ。一本気な性格なのだと思う。

「俺を警戒してるだろう」

「え？　……えっ？」

　慌てる様がおかしかったのか、シドがぷっと噴き出した。

「思ったことが何でも顔に出るな。カルディエム様もそんなところが気に入られたのか……。まさか、奴隷を手元に置いて教育されるとは思わなかった。兄弟揃って教えるのがお得意だ」

「弟も先生だったんですよね」

「俺も直接お会いしたことはないが、子供たちから慕われた良い方だったと聞いた。そういうところはカルディエム様にもよく似ている」

誇らしげに語るシドに紅茶を差し出す。

　彼は長い指で飲み口の辺りをひょいと持つと、器用に熱い茶を啜った。

「シド様は、カルディエム様をとても尊敬していらっしゃるんですね」

「あれだけ被害の大きかったルクシュのご出身だ。当時のことはあまりお話しにはならないが、きっと想像を絶するような辛いご経験もされただろう……。心に深い傷を負ったことで、今なお日常に戻れないものも多くいる。そんな中、カルディエム様は己を滅して皆を救うことに尽力されてきた。尊敬の念を抱くのには充分だ」

「シド様……」

　昔を思い出しているのか、シドは遠い目をする。

「シド様も、大切な方を亡くされたのですか」

「俺か？　いや、俺はもともと天涯孤独だ。父も母も幼い頃に亡くなっている。兄弟もない」

「それは、申し訳ないことを……」

「おまえも似たようなものだろう。それに俺はこれでいいのだ。皆が悲しみに暮れる時に助ける側に回ることができた。神の思し召しだと感謝している」

　当然のように言われて驚いた。

　自分は人生を悲観することこそなかったけれど、誰かのために何かできることをよろこびと捉えたこともなかった。

「シド様は、素晴らしい方ですね」

「なんだ。今頃ようやくわかったか」

　シドが混ぜっ返すように笑う。

「だが俺など、カルディエム様に比べればまだまだだ。あの方は、ルクシュやラクサの民を背負っておられる。この国の民の心そのものをな」

　誇らしげに語るシドがとても眩しい。

　自分は、そんな人のもとで学ぶ機会を得たのだ。それはなんというよろこびだろう。

「シド様。ぼく、この経験から得たものをカルディエム様にお返ししたいです。シド様が助ける側に回られたように、ぼくも」

「そうか。良い心がけだ」

　無骨な手にわしゃわしゃと頭を撫でられる。少し乱暴な手つきだったけれど、認めてもらえたようでうれしかった。

　目標とする人ができた。

　役立ちたいと思う人ができた。

　だから自分はそのために頑張っていくのだ。

　晴れ晴れとした気持ちで、ユリアスは茶器の底に沈んだご褒美を噛み締めるのだった。


　城に連れてこられて、そろそろ三週間が過ぎようとしていた。

　身嗜みや礼儀作法からはじまったカルディエムの

教育も、今では読み書きや計算をひととおり終え、地理や歴史へとその範囲を広げつつある。加えて、人体や性といったことも知識として詰めこまれた。

　ユリアスは一日の大半を勉強と、カルディエムの部屋にある植物の世話、それから礼拝堂の掃除などに費やしている。勉強したことをすぐに活《い》かすには至らないものの、小さな手伝いで師に恩返しできればと思ってのことだ。

　水遣りは植物の成長を確かめられて楽しいし、礼拝堂では仕事中のカルディエムを盗み見することもできる。普段の彼も素敵だけれど、静かに祈りを捧げている時の彼は神々しいほどだ。

　暗い内陣で膝をつき、頭《こうべ》を垂れるカルディエムに窓からの光がまっすぐ差しこむ。天からの祝福が与えられているような光景に何度息を呑んだだろう。床を掃く手を止めて見惚《みと》れるたびにシドに見つかって笑われたりした。

　その他にも、奴隷という身分を活かして城の外に出ては周辺をくまなく探索した。

　身分あるものが城を出入りする際は入出門記録が取られるが、商人や奴隷たちは商いや遣いで頻繁に出入りするためか、一度門番に顔を覚えてもらえば難なく行き来することができる。ユリアスはこれを利用して己の見聞を広げるとともに、城の周辺を詳細な絵地図に描き起こした。

　ゲルヘムでは、敵国への情報流出を警戒して地図の製作が禁じられている。

　けれどカルディエムに世界地図を見せてもらって以来、地形に対して大きな興味が湧いたユリアスは、自分だけの楽しみにするつもりで毎日せっせと紙に向かった。

　絵は得意だ。字が書けなくても意図は伝わるし、読み書きもできるようになったから手書きの地図にメモを添えることだってできる。

少しずつ広がっていく地図を見ていると、自分が解き放たれるようで清々しく、コツコツと描き進めるのがいつの間にか日課になった。

幸か不幸か、もともと命じられていた夜伽についてはまだ用命がない。

ジャミールは後宮に囲う愛妾たちの相手で忙しいらしく、政務が終わった後はそちらにかかりきりなのだそうだ。愛妾同士の派閥争いがいよいよ激しくなってきたとかで、気紛れで買ったエトランゼのことなんてすっかり忘れているのかもしれない。

民の命は平気で奪うくせに、愛妾らのご機嫌取りには必死なのかと思うと呆《あき》れてしまう。けれどそのおかげでユリアスは自分を磨いたり、カルディエムとの時間を楽しんだりすることができた。

「さて、と」

いつものように礼拝堂の掃除を終え、ユリアスはやれやれと額を拭う。

週に一度の礼拝の前に、手の届くところすべてをきれいにしておくのも仕事のひとつだ。これでカルディエムたちに気持ち良く務めを果たしてもらえるだろう。ジャミール王が態度をあらためるとは残念ながら期待しづらいけれど、せめてお互いにとって少しでも良い機会であってほしい。

さっぱりした気持ちで礼拝堂を後にする。

ひとり廊下を歩いていると、向こうから侍女たちがやってくるのが見えた。

「あ、エマさん。それにレマさんも」

「ユリアスじゃないか。礼拝堂の帰りかい」

「はい。明日に備えてお掃除を」

にっこりと顔を見合わせる。

エマたちとは、こうして行き会うたびにお喋りをするようになった。風呂でゴシゴシ洗われるという初対面だったこともあって、今さらどう取り繕っても敵《かな》わない相手でもある。

いつも朗らかで面倒見の良いエマは、同僚たちにもユリアスのことを話して聞かせてくれたようで、最近では名前も知らない侍女に声をかけられたり、助けられたりすることもあった。

　こんな自分にも良くしてくれる彼女たちには感謝してもしきれない。

　特に、カルディエムから名をもらったと報告した時のエマのうれしそうな顔といったら！

　ルクシュ語は彼女にとっても大切な言葉だ。エマは目尻に皺を刻み、ユリアスをぎゅうぎゅうに抱き締めながらよろこんでくれたものだった。

　そんなことを懐かしく思い返していると、エマも当時を思い出すような顔でユリアスを見た。

「それにしても、すっかり見違えるようになって」

　嘆息する彼女の隣でレマも笑みを浮かべる。

「侍女たちの間で、あんたちょっとした噂になってるんだよ。やたらきれいな子が歩いてるって」

「ぼ、ぼくですか？」

「髪も肌も黒いあたしたちからすりゃ、その色だけでも目を引くんだよ。それが整ってるっていうんだもの。噂の的さ」

「あんたのことを妖精みたいって熱を上げてる子もいるよ。最初はあんなに泥だらけだったのにねぇ」

「それはもう言わないでください……！」

　情けない顔で縋るユリアスに、エマは「あっはっは！」と威勢良く笑った。

「普段は腰が低くてオロオロしっぱなしなのにねぇ。でも最近、カルディエム様に少し雰囲気が似てきたんじゃないかい？」

「ぼくが？　カルディエム様に？　ほ、本当ですか」

「ありゃ。褒めすぎたかな」

「もう！　エマさん！」

　またもエマが明るい声を立てて笑う。レマもだ。

　そんなふたりはしばらくすると、孫を見るような顔でしみじみとユリアスを見上げた。

「顔が引き締まったよ。大人っぽくなった」

「いろんな勉強してるんだって？　カルディエム様もあんたを褒めてた。一生懸命頑張ってるって」

「わぁ…」

思いがけない言葉に気持ちが踊り出しそうになる。

「ははは。褒められるとすぐ幼い顔に戻るねぇ」

「お、お恥ずかしい……」

「それがあんたのいいところだよ。考えてることが全部手に取るようにわかるもの」

「それ、シド様にも言われました……」

「はっはっは！　そうだろうね！」

エマは大きな口を開けて笑うと、「何はともあれ」とユリアスの腕をポンと叩いた。

「ユリアス。あんたが元気になって良かった」

「エマさん」

「しっかりやんな。困ったことがあったら何でも相談するんだよ」

「レマさんも」

ユリアスは約束のつもりでこくりと頷く。

仕事に戻るというふたりと別れ、その背中に一礼すると、ユリアスも再び歩き出した。

歩きながらしみじみとありがたさを噛み締める。

彼女たちはいつも事あるごとにユリアスを気にかけ、励まし、祖母のようにあたたかく包みこんでくれる大切な存在だ。

――おばあちゃんがいたら、あんな感じだったのかな。

もしかしたら母親も。

どこにいるかもわからないけれど、もしも母親が生きているなら会ってみたい。亡くなっているなら墓前で祈りを捧げたい。聞いてほしい話がたくさんある。そんなふうに思えるようになったのも、ここでカルディエムやエマたちに出会い、やさしくしてもらったおかげだ。

　離れに戻ると、カルディエムはいつものように窓辺で祈りを捧げていた。

　静かな部屋に満ちていく彼の声がとても好きだ。それに、礼拝堂にいる時と違って今はカルディエムを独り占めできる。

　ついそんな考えが頭に浮かび、ユリアスは慌てて首をふった。

　――いけない。変なこと考えちゃ。

　神の声を伝える神官を独り占めしたいだなんて。神様を自分だけのものにしたいと言っているようなものだ。そんな傲慢なことを考えていると知られたらきっと呆れられてしまう。

　――カルディエム様はみんなのものなんだから。
ルクシュの民のみならず、同じ運命を背負ったラクサの民、そして城中で彼を慕うすべての人々のためにカルディエムは日々祈りを捧げている。

　それでも目が吸い寄せられていくのを止められず、ユリアスはその端正な横顔をじっと見つめた。

　無駄を削《そ》ぎ落としたシャープな頬のラインからは彼の精悍《せいかん》さが伝わってくる。己を磨いた人間だけが醸し出せる静謐《せいひつ》な美がそこにはあった。

　――素敵、だなぁ……。

　思わず「ほう…」と感嘆のため息が洩れる。

　祈りを終えたカルディエムは顔を上げ、こちらを見てくすりと笑った。

「どうしたんです。そんなにじっと見て」

「カルディエム様、もしかして気づいていらっしゃったんですか？」

「あんなに熱心に見つめられては……。心の中まで見透かされてしまうかと」

「えっ」

　なんということだ。遠くからこっそり見ていたつもりが仕事の邪魔をしていたなんて。

「ごっ、ごめんなさい。でもぼく、独り占めしたいなんて思ってませんから！　いえ、ちょっと思っただけで、いけないことだってわかっていますから！　大丈夫です！」

「ユリアス？」

「あっ」

両手で口を塞いだものの、すべては後の祭りだ。

「独り占め？　私を？」

口を押さえたままぷるぷると首を横にふる。

「それはいけないことなんですか？」

「えっ。いいんですか？」

まんまと食いついてしまい、それを見たカルディエムが声を立てて笑った。

「あなたは本当にかわいらしい人だ。嘘《うそ》がつけない性格でしょう。そういう素直でまっすぐなところがあなたの魅力ですね、ユリアス」

「み…、魅力……」

鸚鵡《おうむ》返しにした途端、頬がかあっと熱くなる。

「おや。首まで真っ赤だ。あんな大胆なことを言う人が、たったこれだけで照れるだなんて」

「カルディエム様のせいですよ。もう。恥ずかしいから見ないでください」

「ふふふ。そういうところもかわいいですね」

楽しそうに笑うカルディエムを見ているうちに、照れくささだけではない何かがじわじわとこみ上げてくる。うれしいような、くすぐったいような……やわらかでふわふわした不思議な気持ちだ。高鳴る鼓動を感じながらユリアスはそっと目を伏せた。

――いいの、かな……独り占めしても。

上目遣いにカルディエムを見ると、ずっとこちらを見ていただろう彼と目が合った。

「わっ…」

身悶《みもだ》えする一部始終を見られていたのかと思うと恥ずかしくて転げ回りたくなる。両手で顔を覆い、その場に蹲《うずくま》っていると、威勢のいいノックに続いて誰かが部屋に入ってきた。

「カルディエム様。……おっと。そこで潰れてるのはユリアスか？」

「へ？」

顔を上げればシドのようだ。後ろには見たことのない男性がふたりいる。

来客に失礼があってはいけないとユリアスは慌てて立ち上がり、三人に向かって頭を下げた。

「よく来てくれました、シド。それからスワイド。エルーガも」

スワイドとエルーガと呼ばれたふたりはどちらも二十歳前後だろうか。彼らも龍人のようだ。神官用の長衣ではなく、質素な黒い上下を着ている。

挨拶を交わしたカルディエムは、すぐに彼らをユリアスに引き合わせてくれた。

「ユリアス。あなたに会わせたくて来てもらったのです。彼らは、城の雑用係をしているスワイドとエルーガ。スワイドは私と同じルクシュの民、エルーガはシドと同じラクサの民です」

「は…、はじめてお目にかかります。スワイド様。エルーガ様」

一礼するなり、ふたりは笑顔で首をふる。

「俺たちに『様』なんてつけなくていいって。な、エルーガ」

「そうそう。俺たちゃただの働きものの下っ端だ。よろしくな」

「よろしくお願いします」

エルーガと握手を交わしていると、スワイドが横からひょいと顔を覗きこんできた。

「それにしてもきれいなエトランゼだな。侍女たちがキャーキャー言うのもわかる気がする」

「気持ち悪くは、ありませんか？」

「なんで？」

スワイドがきょとんとした顔でこちらを見る。隣のエルーガと顔を見合わせ、それでもまだピンと来ていないといったふうだ。

「変わった見た目だから？　そうだとしても、あんま自分を卑下したりすんなよ」

「そうだぞ。考えすぎるとすぐに禿《は》げるって親父《おやじ》が言ってた」

　エルーガの激励になぜかシドが噴き出した。

「おまえ、それを言ってやるなよ。親父殿はいい方じゃないか」

「ふたりとも」

　カルディエムが苦笑いしながら目で窘める。どうやら皆はずいぶん親しい間柄のようだ。

　そう言うと、スワイドが得意げに胸を張った。

「この国が軍に支配される前、まだ部族として暮らしてた頃からのつき合いだからな。その頃俺は五歳だったから悲惨なことはあんまり覚えてないけど、村のじいちゃんばあちゃん、父ちゃん母ちゃんたちはカルディエム様を『希望』って言ってる」

　自分たちの部族から国の神官が出たことを誇りに思っているのだそうだ。

「カルディエム様が神様と村とをつないでくれてる。だから俺たちは辛くても頑張れるんだ」

「村の慰問もされているしな」

　エルーガも加わる。

「カルディエム様は月に一度、村々を訪問されては祈禱や礼拝を行われている。昔からあった礼拝所は行軍の邪魔だからって取り壊されたり、それに抵抗した聖職者も殺されたりしたからな」

「そんな……」

「言ったろう。ルクシュの破壊は凄《すさ》まじかったと」

「シド様」

　聞いていた話とはいえ、具体的に教わると途端に現実味を持って迫ってくるように感じる。

　カルディエムを見上げたユリアスは、そのあたたかな眼差しに心の底からほっとした。

「カルディエム様がいてくださって、良かった」

「ユリアス？」

「お話を聞いただけのぼくでさえそう思うんです。皆さんにとっては、きっと心の拠《よ》り所のような存在なのでしょうね」

「そう。そうなんだよ。おまえわかってんな！」

　エルーガにバンバンと背中を叩かれ、ユリアスは目を白黒させるばかりだ。

　スワイドも屈託なく白い歯を見せた。

「だから俺は、カルディエム様のために道を作る。城と村を自由に行き来できるのは俺ぐらいのもんだからな。カルディエム様の言葉を村に伝えたり、村人たちの要望を持ち帰ったり」

「俺は城の中でお役に立つぞ」

　負けじとエルーガが声を上げる。

「城にはラクサ出身の男たちが大勢いる。そいつらに顔が利くのがこの俺だ。権力じゃ取り巻き連中には敵わないが、心意気と数じゃ負けないぜ」

「ふたりとも、いつも感謝しています」

　労《ねぎら》いの言葉にスワイドとエルーガは誇らしげに胸を張り、カルディエムに忠誠の一礼を捧げた。

　ふたりの顔を見ていればカルディエムがいかに慕われているかがよくわかる。シドも尊敬していると言っていた。エマたちも彼を心から信頼し、頼りにしている。そして自分も。

――みんなの拠り所、なんだなぁ。

一緒にいた時間が一番短い自分でもそう思うのだ。ルクシュやラクサの民はどれだけ心を寄せていることだろう。そんな人の傍にいられるなんて本当にしあわせなことだと思った。

――ぼくも何かお返ししたい。カルディエム様のお役に立ちたい。

シドに約束したように。スワイドやエルーガたちのように。

そんなことを考えていると、やさしい声に「ユリアス」と呼ばれた。

「あなたにひとつお願いしたいことがあるのですが、聞いていただけますか？」

「はい。なんなりと！」

たった今、役に立ちたいと考えたばかりだ。

願ってもないことだと張りきって頷くユリアスに、だがカルディエムは意外なことを言い出した。

「あなたが作っている地図があるでしょう。あれを皆に見せてあげてください。驚くでしょうから」

「地図を…、ですか？　でもあの、まだ作っている途中なんです。それでもいいでしょうか」

「ええ。もちろん」

思いがけないことになった。

そもそも探検の結果わかったことをメモ代わりにしているだけで、誰かに見せるためのものではない。それでもカルディエムが「ぜひに」と言うので、ユリアスは作りかけの地図を引っ張り出してきて机の上にそれを広げた。

「おおっ！」

「なんだこりゃ、すげぇ！」

すぐさまスワイドとエルーガから声が上がる。

「ほう。これは驚いた……なんと詳細な……」

シドもだ。片手で口を覆ったまま、引きこまれるように地図を凝視している。

予想外の反応にカルディエムを仰ぎ見ると、彼は「ほらね？」と片目を瞑った。

「ユリアスの才能が開花しましたね」

「あの……皆さんは昔からずっとこの国で暮らしていらっしゃるんですよね？　全部ご存知でしょうし、そんなに驚かなくても……」

「何言ってんだ。道なんて年中変わるんだぞ」

「え？　そうなんですか？」

　スワイドの言葉にこちらの方が面食らう。

　どうやら、ゲルヘム軍は敵襲を警戒して不定期に道を通行止めにしたり、故意に橋を壊して渡れなくしたりしているらしい。疑心暗鬼もいいところだ。そのため、今はどこを通ることができるのか、道はどんな状況なのか、把握しているのは軍関係者だけと聞いて事態の深刻さに唸《うな》らされた。

「そんな大変なことに……。ここも、ここも、橋がなかったらいったいどこまで行けばいいのか」

「だろ？　迂回したくとも目処《めど》が立たない。だから流通も人の行き来も制限されちまう」

「そんな時、これがあれば百人力だな。最新情報が一目でわかる」

「定期的に更新すれば完璧だ」

「やるじゃん。ユリアス」

　またもエルーガに背中をバシッと叩かれ、蹈鞴を踏みながらもうれしさに頬がゆるんだ。

「お城の周りを覚えられればと思って作りはじめたものだったんですが……皆さんのお役に立てるなら何よりです」

「あなたは素晴らしい才能の持ち主だ。ユリアス」

「カルディエム様」

　惜しみない賛辞にたちまち頬が熱くなる。皆から褒められてうれしいのはもちろんのこと、カルディエムに言われると心臓までドキドキした。

「なんだ。おまえものすごい照れ屋なんだな。大丈夫か？　顔真っ赤だぞ？」

　顔を覗きこんできたスワイドが噴き出す。

　エルーガも、シドも、さらにはカルディエムまでつられて笑い出す始末だ。照れくさかったけれど、でもそれ以上にうれしくて、ユリアスも一緒になって笑ってしまった。

　ひとしきり笑い合った後で、スワイドが「そうい

えば」ともう一度地図に目を落とす。

「おまえ、そもそもこれ、どうやって作った？」

「え？　どうって……」

今日は東に、明日は西にと気儘《きまま》に歩き回っては、城に戻って少しずつ描き足しただけだ。

そう言うと、またもエルーガが「すげえな！」と声を上げた。

「一度通っただけで覚えるとか、天才かよ」

「と、とんでもない！　ただの処世術です。一度で覚えないとご主人様から折檻《せっかん》されるのが当たり前のことだったので……。でも、そんな経験もこうして活かすことができたんですから」

自分としては御の字だ。何より、役に立ちたいという願いがさっそく叶った。

「ぼく、地図作り頑張りますね。もちろんこっそりですけど……でき上がったら、皆さんにお使いいただけるようにしたいです」

「そいつは楽しみだ。……あぁ、村に行く時は俺にも声をかけてくれ。一緒に行こうぜ」

「スワイドさん」

「この辺りは軍の見回りがあるからな。かち合わないように隠れられる場所を教えてやる」

「エルーガさんも。おふたりとも、ご親切にどうもありがとうございます」

「なぁに。お互い縁あって出会ったんだ。おまえも今日から俺たちの仲間だぞ」

「仲間……」

声に出した途端、あたたかいものがふわっと胸の中に広がっていく。ひとりきりで生きてきた自分に仲間ができるなんて考えたこともなかった。

カルディエムを見つめ、それからシドを見上げる。スワイドとエルーガを交互に見遣り、それでもまだ信じられない思いでユリアスは瞬きをくり返した。

「ぼくを、仲間にしていただけるんですか」

「もちろん。いいでしょう？　カルディエム様」

得意げな顔のスワイドに、カルディエムも微笑みながら「えぇ」と頷く。

「私は最初からそのつもりでしたよ」

「あーもう。カルディエム様がおいしいところだけ持っていく」

わざと顔を顰めるスワイドに、今度はユリアスも皆と一緒になって噴き出した。

自分には仲間がいる。自分を必要としてくれる人たちがいる。やさしくて、あたたかくて、エトランゼなんて気にもかけない心の広い人たちが。

——ここがぼくの居場所なんだ。

それはなんというしあわせだろう。

こみ上げる高揚感に胸を高鳴らせながら、ユリアスは仲間の顔を何度も何度も見回すのだった。

あなたに伽を教えます——。

カルディエムに告げられたのは数日後のこと。

夜になったら身を清めておいでなさいと言われ、ユリアスは言われたとおりにカルディエムの離れに赴いた。

香油を塗りこんだ身体からはふわんといい匂いが漂ってくる。こうして湯上がりに会うのははじめて連れてこられた時以来だ。あの時は訳もわからないままエマたちに身体を洗われたのだっけと思い出し、歩きながら懐かしさに頬がゆるんだ。

心地良い夜風が頬をくすぐりながら流れていく。

昼間はあんなに騒がしかった城内も、今は見回りの護衛が歩いているだけだ。皆一日の仕事を終え、部屋で休んでいるのだろう。見上げた空にはあふれるほどの星々がきらめきながら瞬《またた》いていた。

それにしても、カルディエムはどうして急に伽を教えてくれる気になったのだろう。

ジャミール王に「早くしろ」とせっつかれたのだろうか。それとも、勉強の進み具合から頃合いだと判断されたのだろうか。

どちらにせよ、こんな遅い時間まで仕事をさせることになってしまって申し訳ない。昼間は神官職が忙しくてとても時間が取れなかったのだろう。

「せっかく教えてもらうんだ。きちんと覚えられるように頑張らなくちゃ」

決意も新たにユリアスはドアの前に立つ。

ノックをするとすぐに扉が開き、カルディエムが迎えてくれた。その表情は心なしか強張っている。

「お待ちしていました。さぁ、入って」

「ありがとうございます」

一歩足を踏み入れた途端、いつもの植物の匂いに混じって何やら甘い香りが漂ってくる。不思議に思ってキョロキョロと辺りを見回していると、カルディエムが低く呟いた。

「香を焚いているのですよ。少しでも緊張を和らげることができればと」

「緊張？　いいえ、ぼくは何も……？」

小首を傾げている間にも真剣な顔をした彼に手を取られ、奥の部屋へと連れていかれる。

中は一段と暗く、ぼんやりとしていた。四隅の燭《しょく》台《だい》に灯《とも》された灯《あか》りが寝台を仄《ほの》暗く浮き立たせている。

戸惑うユリアスの後ろで、カルディエムが無言で扉を閉めた。

パタン、という音を聞いた瞬間、暗がりでふたりきりになった事実に心臓が跳ねる。後ろからカルディエムに両肩を抱かれ、服越しに感じる彼の体温にますます鼓動は高鳴った。

「ユリアス」

耳元で低い声が囁く。

「これからここで、あなたに夜伽を教えます。男性同士で身体を重ねるために必要なことを」

「……えっ」

驚きのあまりカルディエムをふり返った。

「男性、同士で……？」

そうした行為は子孫を残すためのものであって、神が定めた神聖なものだと教わった。それなのに。

「子を成せずとも快楽は得られる。後宮には多くの愛妾がいますが、いずれも女性ばかりです。王は、珍しい存在であるあなたを組み敷いてみたくなったのでしょう」

「ぼく、を……」

まるでわからなかった。性奴でもなければ何の知識も心得もない、忌み嫌われるエトランゼの自分を快楽の道具にしたいと思うなんて。

「王はあのとおり気紛れで、ひどく嗜虐《しぎゃく》的な嗜好をお持ちの方です。何の自衛もせずに臨めばあなたが壊されてしまう。ですから、これから身を守る方法と手段を教えましょう。少しでもあなたが酷い目に遭わずに済むように」

促されるまま並んで寝台に腰を下ろす。

今になってやっと、彼が香を焚いていた理由がわかった。

――伽が、そういう意味だったなんて……。

王に夜伽を命じられた時、自分は皆の前で「頑張ります」と誓った。どおりでジャミールたちは手を叩いて嗤ったはずだ。その時、カルディエムは内心どんな思いでいたのだろう。

緊張に身を固くしていると、カルディエムが隣でふっと微笑むのが気配でわかった。

「心配しないで。まずは、寝所での振る舞い方から教えましょう」

「あの…、それは、普段とは違うのでしょうか」

「すべては密室での出来事です。万一何かあっても誰も助けてくれません。ですから、王の不興を買わないようにどうかくれぐれもお気をつけて」

どんな気紛れも拒絶してはならない。そんな時は気を逸らさせるのだとカルディエムは続ける。

「ど、どうやって……？」

「王は崇められることを何より好む方です。人々の信仰心を利用して、自らを現人神《あらひとがみ》と名乗るような方ですから。煽《おだ》て上げ、自尊心をくすぐり、話していて心地良いと思わせることで嗜虐心を削ぐのです」

そのためにゲルヘム軍が犯した侵略の歴史や他国との関係を教えてきたと言われてハッとする。カルディエムは落ち着いた声で「王の好みも頭に入れておくといい」とつけ加えた。

「従順なもの、気が強いもの、悪巧みに長《た》けているもの――脈絡がないように見えますが、これが後宮に君臨する愛妾たちの特徴です」

派閥争いは熾烈《しれつ》を極める。

だがそうまでしても、寵愛《ちょうあい》は長くは続かないのだそうだ。

「気紛れな王はすぐに飽きる。愛妾を取っ替え引っ替えすることがここでは日常茶飯事なのです。だから後宮の女性たちは王の気を引こうと諍《いさか》いを起こす。この間のようにね。……失敗すれば城を追われるのだとしても」

「追い出されてしまうんですか」

なんという背水の陣だ。

そしてそれは自分自身も同じことだとユリアスは悟った。飽きられれば捨てられる。捨てられた元奴隷が社会で生き延びる術はない。

そんな動揺が伝わったのか、カルディエムはゆっくりと首をふった。

「心配はいりませんよ。もし、あなたが王の興味を失って城を追われたとしても、教養があなたの身を助ける。これまで教えたことをどうかその後の人生に活かしてください」

「え？　あ……」

そうか。だから彼は事前にたくさんのことを教えてくれたのだ。放り出された後のことまで考えて。読み書き、計算、この国の歴史。この地に伝わる伝承や立ち居振る舞いなども、ユリアスがひとりで生きていくために必要だと用意してくれたのだ。

――そう、だったんだ……。

カルディエムの気遣いに胸が詰まる。

それでも、どうしても、ひとりになった後のことなんて考えたくなかった。

「お城を出されたら……二度とカルディエム様には会えなくなってしまいますよね。ぼくを仲間にしてくださった皆さんとも、もう二度と……」

「ユリアス」

「それは嫌です。一緒にサン・シットに行こうって約束したじゃありませんか」

無我夢中で隣に座るカルディエムに縋りつくと、彼は苦しそうに顔を歪めた。

「私も同じ気持ちです。いつまでもあなたと一緒にいたい。私の傍にいてほしい。あなたを閉じこめておきたいとさえ……思ってしまうことがあります」

「カルディエム様」

恐る恐る名前を呼ぶ。

カルディエムはハッとしたように息を呑み、それから力なく首をふった。

「……良くないことを言いました。考えるだけでも許されないことです。あなたは最初から王のもので、私は王に仕える神官なのですから」

「で、でもぼくは……」

「ユリアス」

カルディエムの人指し指が唇に押し当てられる。

「それ以上言ってはいけない」の合図だ。

「いい子だから聞き分けて。これは私たちに与えられた『仕事』なのですよ」

「そんな」

「前置きはこのぐらいにして、実地訓練を」

まるで自分に言い聞かせるようにカルディエムが話を打ち切る。

それでも縋る思いで見上げていると、彼はやっと表情をゆるめ、ユリアスに向かって手を伸ばした。

「辛い時は心を閉じていなさい。あなた自身を守りなさい」

そう言って頬をひと撫でされる。

どういう意味だろうと思っている間にカルディエムは寝台に上がり、ヘッドボードに凭れかかった。

「あなたはここへ」

足の間に座らされる。

あたたかい胸に背中を預けるように引き寄せられ、すっぽりと包みこまれて、伝わってくる彼の体温に眩暈がした。

これから行われることがわからなくて怖い。

自分がどうなってしまうかわからなくて怖い。

無意識のうちに身震いすると、安心させるように後ろから強く腕を回された。

「怖がらないで。慣れていないあなたに無理強いをするつもりはありません。すべてを疑似体験するには時間もかかりますし、何よりあなたの身体にかなりの負担がかかりますから」

「で、でも、それでは……」

いったい何度、カルディエムの手を煩わせることになるのか。

「こういったことを一足飛びにしてはいけません。お互いの愛情で補い合えない分、心を保つ方法も学ばなくては」

今夜の彼はよくわからないことばかり言う。

それでも、その声は真摯な響きに満ちていた。

「さぁ、はじめましょう。今夜は、あなたが自身の感度を知るところから」

わずかな衣《きぬ》擦《ず》れの音とともに腕の力が強くなる。

髪を掻き分けるようにして首筋に鼻先を寄せられ、くすぐったいだけではない何かがぞくぞくと背筋を這《は》い上がった。

「んっ…」

生まれてはじめての感覚に身体がふるえる。

胸の中に火の点《つ》いた薪《まき》を放りこまれたみたいだ。少しずつ赤くなり、熱くなり、パチパチと爆《は》ぜる音に煽られるようにドキドキと鼓動が高鳴っていく。胸が苦しくて、息ができなくて、それなのにそれすらも心地良いと思ってしまう。

カルディエムの匂いが鼻腔《びこう》を掠《かす》めた瞬間、かつてないほど自身が熱くなるのが自分でもわかった。

――な…、なんで……。

あまりに俗物的でみっともない。いくらなんでも呆れられてしまう。

とっさに膝を擦り合わせてなんとか誤魔化そうとしたものの、カルディエムが見逃すはずもなかった。

「隠さないで」

ゆっくりと長衣の裾を太股《ふともも》まで捲られ、下履きも取り払われて自らの熱が剥き出しになる。すぐ後ろからカルディエムが見ているのが気配でわかった。

死んでしまいそうなほど恥ずかしい。今すぐ逃げ出してしまいたい。

「あっ……」

だがそんなユリアスを縫い留めるように、後ろから伸びてきた手がためらいもなく熱に触れた。

節くれ立った長い指が自身を包み、形を確かめるようになぞり上げるのを間近に見下ろしながら、彼を汚しているような罪悪感と、彼に触れてもらえることへのよろこびで頭の中が真っ白になる。

――カルディエム様が触れてる……ぼくのを、その手で……。

二度、三度と扱かれるうちに恥ずかしいほど腰が揺れた。甘えるような嬌声《きょうせい》を抑えることもできず、ユリアスは両手を口に押し当てながら必死に奥歯を噛み締める。

「んっ…、……ぁっ……ふ、……」

それでもこらえきれない快感を知らせるように、先端から透明の滴がとぷりとあふれた。昂ったユリアス自身はいつ弾けてもおかしくないほどだ。

「我慢しないで」

いつもより上擦った声が耳元で囁く。

耳朶《じだ》に触れたあたたかなものが彼の唇だったと気づいた瞬間、心臓は壊れそうなほどドクンと跳ね、それに押し出されるようにしてユリアスは甘い蜜を撒《ま》き散らした。

「あっ……、ぁ……っ」

理性が焼き切れてしまいそうだ。カルディエムの手によってもたらされた快感は全身の血が逆流するかと思うほどの衝撃だった。

身体が痙攣《けいれん》するたびとぷとぷと白濁があふれる。

極めたばかりにもかかわらず、カルディエムは再び指を絡めるとユリアス自身を扱きはじめた。

「ま、待って……ぁ…、んぅっ……」

余韻を味わう暇もなく次の快楽を与えられ、ユリアスは悶えることしかできない。生まれてはじめて他人から与えられる快感は凄まじく、それに抗《あらが》えるわけなどなかった。

「カルディエム、さま……ダメ、そんなっ……」

長衣を握りしめながら必死に首をふる。

「ぼく、また…、やっ……き、来ちゃう……」

これ以上はダメだ。これ以上はいけない。

そう訴えてもカルディエムは聞き入れぬどころか、いっそう大胆にユリアスを高みへと押し上げていく。

「ダメっ……、ダ、メ……カルディエム、さま…、出ちゃう、出ちゃうぅ……」

ひときわ敏感なくびれをなぞり上げられた瞬間、ユリアスは悲鳴のような声を上げて仰《の》け反《ぞ》った。

自身からはまた勢いよく白濁が散る。触れられることに慣れていない身体は立て続けにもたらされた快楽の前に為す術もなく、緊張と弛緩《しかん》をくり返しながらだらだらと快感の余韻を吐き出した。

全身が重く、もう腕一本さえ動かせそうにない。

ぐったりと目を閉じ、しばらくは荒い呼吸をくり返していたユリアスだったが、少しずつ落ち着きを取り戻すに従って今しがたのことに思い至った。

目を開けた途端、白濁に濡れた手が視界に飛びこんでくる。

「もっ…、申し訳ありません！　カルディエム様になんて粗相を……！」

あまりのことに全身から血の気が引いた。

慌てて乱れた下肢を服で隠す。彼の腕を拭こうとして、やんわりとそれを止められた。

「私がそうなるようにしたのです。謝ることはありませんよ」

「でも、あの…、ぼくはこういうことをしてもらう方ではなく、奉仕する側なのではないでしょうか。それならぜひ、カルディエム様に……」

「ごめんなさい。ユリアス」

カルディエムの声が急に固くなる。

「神官は、欲に溺れてはいけない。他者と触れ合う行為は本来禁じられています」

「あ……」

冷や水を浴びたように愕然《がくぜん》とした。

そうだ。どうして忘れていられたのだろう。彼は聖職者であるにもかかわらず、禁忌を犯して自分に教えてくれたのだ。

「どうして……」

「あなたを立派に育てることが私に与えられた役目だからです。……私だけの、大切な」

カルディエムは自らに言い聞かせるように呟くと、用意してあった清潔な布でユリアスの身体を清めてくれる。まるで、そうすることが自分だけの特権だというように。彼は乱れた服を直し、元のとおりに整えてくれた。

　さっきまで触れ合っていたことが嘘のように肌が冷えていく。浅ましくもあの熱を手放したくないと思ってしまう自分がいる。

　そんなユリアスの心を知ってか、カルディエムは淡々と告げた。

「あなたは感度が高く、筋も良い。きっと王に気に入られますよ。これから少しずつ男性を受け入れるための訓練もしていきましょう」

「……あ、……」

　再び絶望に突き落とされる。

　近い将来、自分はジャミール王に抱かれるのだ。カルディエムではなく、別の人間に。

――嫌だ。

　たちまち嫌悪感が迫り上がる。

「ゆっくり慣らしていきます。できるだけあなたの負担の少ないように」

――嫌だ！

「カルディエム様」

　いても立ってもいられずに縋りつくと、カルディエムは一瞬顔を歪め、すぐにゆっくり首をふった。

「嫌です。お願い。カルディエム様」

「我儘《わがまま》はいけませんよ、ユリアス。これは命じられたことなのですから」

「……っ」

　命令と言われたら従う他ない。奴隷の自分に拒否権などないこともよくわかっている。それでも。

「お願いです。どんな罰も甘んじて受けます。だからどうか、伽だけは……！」

　必死に衣の裾を摑む。

　けれどどんなに言葉を重ねても、カルディエムは首を横にふるばかりだった。

「王の命令に背いて生き延びた人間などいません。私は、あなたを死なせたくない」

「カルディエム様」

「あなたを失いたくないのです。それだけはどうしても耐えられない。あなたを一時《いっとき》辛い目に遭わせてしまうとしても……。わかってください。あなたの命より優先すべきことなんて何もない」

それまでの冷静さをかなぐり捨てた、胸を抉《えぐ》るような声だった。

燭台の灯りに照らされ、緑青色の瞳がゆらゆらと光る。彼は泣いているのだろうか。このまま美しい瞳に吸いこまれてしまえたらどんなにいいだろうと夢のようなことを思った。

見つめ合ったまま、大きな手に頬を包みこまれる。互いの睫毛が触れそうなほど近くで顔を覗きこまれ、キスの予感に心臓が跳ねた。

――カルディエム様……。

緊張と期待に喉が鳴る。

心臓は壊れそうなほど早鐘を打つ。

「――」

けれど、どれだけ待っても彼の唇が触れてくることはなかった。

虚しさとともに瞼を開く。

カルディエムは首から提げていたものを服の中から引っ張り出すと、ユリアスに差し出してきた。

「私の〈龍の鱗〉です。せめてあなたのお守りに」

涙型の、薄紫に光る美しい鱗だ。紐が括《くく》りつけてあり、首から提げられるようになっている。

カルディエムはそれをメダルよろしくユリアスの首にかけてくれた。

「い、いいんですか。だってこれ……」

龍人が一生に一度しか生み出せないものと聞いた。子供が成人するまでのお守りとして家族で受け継ぐものなのだと。

「神官である私に子はいません。だからこそあなたに差し上げられて良かった。私のほんの一部でも、あなたの役に立てるのなら」

　小さな鱗に願いを託すように強く強く抱き締められた。肩も、腕も、背中も、頬も、触れ合ったところすべてからカルディエムのやさしさが染みこんでくる。それは己の中にある気持ちと響き合い、たちまち胸をいっぱいにした。

　――どうしよう。好きだ。

　全身の細胞が彼に向かって叫んでいる。

　――ぼく、カルディエム様が好きなんだ……。

　師として、憧れとして、そして恋愛対象として。

　やっとこの気持ちの名前がわかったのに、どうすることもできないなんて。

　王のものであるユリアス。

　神官であるカルディエム。

　お互いの立場を痛いほどに痛感する。侵しがたい境界線に苦いものばかりがこみ上げてくる。

　それでも、自覚したばかりの恋心を押しこめることはできず、ユリアスは現実から目を逸らすようにあたたかな胸に顔を埋《うず》めた。

　それからというもの、ユリアスはカルディエムのことばかり考えるようになった。

　いけないことだとわかっていても、気づくと彼の気配を探している。会えない日はもらった鱗に頬擦りし、寂しい心を慰めた。

　もう、出会う前には戻れない。

　彼は自分に名前をくれた。生き抜くための知識をくれた。己を慈しむことを教え、他者を愛することを教えた。誰かを想《おも》うことも、目眩《めくるめ》くほどの快楽も、抱き締められる心地良さも、すべてカルディエムが教えてくれた。

「カルディエム様……」

愛《いと》しい名前を口にするだけで罪悪感に胸が張り裂けそうだ。

募る想いをこらえきれず、ユリアスは縋る思いで〈龍の鱗〉にくちづける。触れるたび鱗がほんのりとあたたかくなるのがカルディエムが想いを返してくれているようでうれしかった。

目を閉じ、お守りをぎゅっと抱き締めた時だ。

バタバタと近づいてくる足音を聞きつけ、ユリアスはその場に立ち上がる。急いで服の中に鱗を隠し、身を固くして待っていると、スワイドとエルーガが駆けこんできた。

「大変だ、ユリアス。ジャミール様がおまえをお呼びだ」

「後宮がゴタゴタしてると思ったら今度はこれだ。今すぐ伽の相手をさせるって大騒ぎしてる」

「……！」

息を呑んだ。心の準備どころか、訓練だってまだはじまったばかりなのに。

「ここ最近、愛妾たちの派閥争いが続いたからな。ヒステリーに巻きこまれてうんざりしてるんだろう。腹癒《はらい》せに酷いことをされるかもしれない。とにかく気をつけろ」

そこへ、シドも駆けこんできた。

「ユリアス！　あぁ、おまえたちもいたか」

「シド様」

シドは一直線に部屋を横切ると、三人の前で声を潜めた。

「拙いことになった。王はかなり苛立っておられる。カルディエム様がそれを宥《なだ》めようとしておいでだが、あれを鎮めるのは至難の業だ」

「ユリアスはどうなるんですか、シド様」

「俺にもわからん。だが、王だけでなく、取り巻き連中の相手までさせると言いはじめている」

「なっ」

スワイドとエルーガが目を剝いた。

「そんなの無茶だ！　ユリアスが死んじまう」

「あぁ、俺もそう思う。奴隷ひとりで相手をするなんて不可能だ」

「何とかならないんですか。シド様」

「俺だってどうにかしてやりたい。だが……」

必死に嘆願してくれるふたりと顔を歪めるシドを交互に見ながら、ユリアスはひたひたと迫ってくる恐怖に気を失いそうな己を懸命に奮い立たせた。こんなにも急に『その時』はやってきてしまうのだ。王の気紛れひとつで何もかもが崩れていく。

長い間、自分は奴隷として生きてきた。

殺されかけたことなら何度もあったし、目の前で仲間が息絶えるところもくり返し見てきた。

だからだろうか、死ぬことは怖くなかった。何も持たない自分はこの世に執着する理由もなかった。


それなのに。

自分のことを思って飛んできてくれたスワイド、エルーガ、シド。自分のために王に嘆願してくれているカルディエム。

そんなやさしい仲間たちに恵まれた今となってはこんなにも『その時』が怖い。自分が自分でなくなってしまうのが怖い。

王に組み敷かれ、取り巻きたちに性欲の捌《は》け口として扱われたら、二度とカルディエムの前には立てなくなる。きっと悲しむだろう彼に汚れた自分など見せたくない。

命令に従ってすべてを捨てるか。

命令に背いて殺されるか。

ふたつにひとつだ。取り得る選択肢は前者しかなかった。後者を選べばカルディエムが罰せられる。彼の命が危険に晒《さら》されるようなことだけはあってはならない。

ユリアスは目を閉じ、服の上から鱗に触れた。

――ずっと一緒にいたかった。

けれど、よく考えてみれば奴隷がしあわせを望むなどおかしな話だ。ここでの暮らしがあまりに満ち足りたものだったから、つい欲を掻いてしまった。

本来あり得ないことだったのに。

――これは『仕事』なんだ。

カルディエムの言葉を心の中でくり返す。

神官である彼が、禁忌を犯してまで自分を導いてくれたのだ。ならば、その成果を発揮しなくて何とする。

自分が立派に務めを果たせばカルディエムは王に褒められるかもしれない。これから先の彼の立ち位置が少しでも良くなるかもしれない。

「シド様」

意を決して名を呼ぶと、三人はピタリと話すのをやめてこちらを見た。

「ぼくを、ジャミール様のところへ連れていってください。ご命令に従います」

「ユリアス！」

「おまえ、わかってんのか。死ぬぞ!?」

ギョッとして目を剝く一同にユリアスは頷く。

「ぼくは、カルディエム様や皆さんのおかげでとてもしあわせでした。そのご恩をお返ししなくちゃ」

そう言ってにっこり笑ってみせたものの、シドは眉間に深い皺を刻み、スワイドたちも唇を嚙んだ。

彼らが躊躇《ちゅうちょ》している間に、王の侍従がやってきてユリアスを急《せ》かす。

「ユリアス！」

これまで世話になった感謝をこめてシドたちに深々と一礼すると、ユリアスは侍従らについて王の執務室へと向かった。

こうして城の中を歩くのもこれが最後だろう。

後宮に連れていかれたら仕事をして、飽きられたら捨てられる。下手をしたら後宮の中で殺されてしまうかもしれない。

——そうなる前に、カルディエム様に気持ちを伝えておけば良かった。

受け止めてもらえないことなど承知の上で、それでもたくさんの感謝とともに想いを打ち明けておけば良かった。

そう思う一方で、これ以上彼の負担を増やしてはいけないとも思う。

——やっぱり、言わなくて良かったのかもしれない。

神官という立場上、伝えたとしても困らせてしまうだけだ。彼にとっては仕事でしかなかったのに、勘違いさせてしまったと気に病んでしまうかもしれない。やさしい人なんだ。禁忌を犯してまでユリアスのために手を尽くしてくれるほど。

——そういうところが好きだった………。

身体中の細胞が彼に向かって叫んでいる。内側から胸を叩いている。

それでも、自分はこれからジャミールに抱かれるのだ。ただの八つ当たりの道具として。

「入れ」

不意に、前を歩いていた侍従に大きな扉を指されユリアスは立ち止まる。ここが執務室のようだ。

控えの間で取り次ぎを受けて中に入ると、椅子の上でふんぞり返っているジャミールの姿が目に飛びこんできた。その左右にはハッサム以下取り巻きたちがずらりと顔を並べている。そんな中を、ユリアスはひとり黙って歩かされた。

王の前に進み出たユリアスを男たちは値踏みするように眺めたり、これから起こることを想像して下卑た笑みを浮かべたりとやりたい放題だ。

低俗さに身震いしたのを怯えていると取ったのか、ジャミールが粘ついた笑みを浮かべた。

「ほう、これがあの時のエトランゼか……。うまく化けさせたものだ。褒めてやるぞ、カルディエム」

「畏れ多いお言葉でございます」

　ジャミールに向かってカルディエムが恭しく頭を下げる。ユリアスのいる位置からはその表情までは窺うことができない。声は落ち着いているものの、いつもの凛とした響きからはどこか遠く感じられた。

「クックックッ。こいつは泣かせ甲斐がありそうだ。さっきからグダグダとくだらんことを言ってたが、もったいぶっていたわけか。そうだろう」

「とんでもございません」

「それより、こいつの絞まり具合はどうだ。満足できるようにうまく仕込んでいるんだろうな」

「申し訳ございません。畏れながら、今しばらくのお時間をいただきたく……」

　それを聞くなり、ジャミールは「あぁ？」と眉を吊り上げた。

「たかが奴隷を仕込むのにいつまでかかっている。俺に逆らうつもりか」

「滅相もございません」

「ならばさっさとそいつを差し出せ」

「陛下のお心に適うよう、万全を期しているところでございます」

「それはいつだ。今日か。明日か。俺は気が立っているんだ。回りくどい真似をするなら……」

　ジャミールは取り巻き連中を見回し、意地の悪い笑みを浮かべる。

「こいつらまとめて相手させてやってもいいんだぞ。男に味を占めれば具合も良くなる」

「陛下！」

　間髪入れずにカルディエムが声を上げた。

「畏れながらこの役目、私に与えられた使命と自負しております。どうか最後までこの私に」

「どうした。いやに庇《かば》うじゃないか」

「陛下ほどのお方になら、美しい花も手折られることをよろこびましょう。ですが、その前に散らされてしまっては花も名残を残すというもの」

　カルディエムの訴えに、ジャミールは「ほう」と顎を撫でる。

「なるほど。それも一理ある。聖職者のおまえなら張り型しか使わんだろうしな」

「ジャミール様。毒見係でしたらこのわたくしめをお使いいただいても……」

　ハッサムがいやらしい笑みで擦り寄ったものの、王はそれを一蹴した。

「おまえには俺が食い終わった後に払い下げてやる。処女を味わうのはこの俺だ」

　ジャミールは椅子を立ち、もったいぶった足取りでユリアスのすぐ前までやってくる。

　間近で見る彼は一枚岩のようだ。頭から一呑みにされそうな圧迫感にユリアスはただただ息を呑む。

　怯える奴隷を舐めるように見回し、ジャミールはニヤリと嗤った。

「それにしても、見れば見るほど美しい。この見た目でこの俺と同じものがぶら下がっているとは不思議なものだ。おまえ、本当に男か？　よもや女ではあるまいな」

　心ない言葉に取り巻きからドッと嘲笑が起こる。いたたまれずに下を向いたものの、すぐに顎を掴んで持ち上げられた。

「それにこの赤い目、生き血のようでそそられる。この目をどこかで見たような気もするが……」

「ジャミール様が討ち取られた敵の返り血でございましょう」

　ハッサムの横槍に、ジャミールは意外にもあっさり「それもそうか」と肩を竦める。もともとあまり深く考える気はなかったようで、くるりと踵を返すなり乱暴に髪を掻き上げた。

「ハッサム」

「は、はいっ」

「盛大に気晴らしがしたい。宴《うたげ》だ。宴の準備をしろ。女はいらん。俺好みの男奴隷たちと酒を持ってこい。今夜はおまえらにも存分に味わわせてやろう」

「は…！　ありがたきしあわせ。直ちに」

　ハッサムは一礼して下がりかけ、すぐに「では、こやつは？」とユリアスを指す。

　もう一度こちらを見たジャミールは、フンと鼻を鳴らしながらカルディエムを見た。

「三日やる。三日後の夜、そいつを俺の寝所へよこせ。存分にかわいがってやる」

　ジャミールは言いたいことだけ言ってしまうと、もう用はないとユリアスたちを追い出した。

　バタバタと廊下に押し出されたところではじめてお守りがじんわりと熱を持っていたことに気づく。それを不思議に思ったのも束《つか》の間《ま》、心配して待っていてくれたシドたちに迎えられ、ユリアスは無事をよろこび合った。

　期限が三日後に延びただけではあるけれど、どうやら首の皮一枚で命拾いをしたようだ。お城の中を歩くのはこれが最後と覚悟を決めたほどだったから、生きて解放されただけでも充分だ。カルディエムに最後のお別れをする時間ができた。

　――良かった……。

　ほっとしながら傍らのカルディエムを見上げる。だが驚いたことに、彼は先ほどの自分以上に思い詰めた顔をしていた。

「こちらへ」

　そう言ってユリアスの手首を摑んだかと思うと、そのまま有無を言わさず歩きはじめる。

　どこへとも、何をとも言わない。強張った横顔はいっそ怖いくらいで、目的を訊ねることもできないままユリアスはそれに従った。

ただならぬものを感じたらしいシドたちも黙って後からついてくる。

　離れに着くなりカルディエムはシドに施錠を任せ、自らを落ち着かせるように大きく深呼吸をすると、ユリアスに向かって頭を下げた。

「あなたに謝罪をさせてください。あなたを花に喩《たと》え、王の気を引くようなことを言ったことを心からお詫《わ》びします」

「えっ。……そ、そんな、とんでもない。カルディエム様がとっさに機転を利かせてくださったから、ジャミール様は考えを変えたんです。ぼくは、カルディエム様に助けていただいたと思っています」

　それでもカルディエムは思い詰めた表情のままだ。

　ユリアスは、少しでも気持ちを和らげることができればと精いっぱい笑ってみせた。

「感謝しています。お別れの時間ができて良かったって。カルディエム様にも、皆さんにも」

「……！　ユリアス」

「あのまま後宮に連れていかれていたら、二度と会えないと思っていましたから……。短い間でしたが本当にお世話になりました。このご縁も、ご恩も、ぼくは死んでも忘れません」

　カルディエムが息を呑む。シドも、スワイドも、エルーガもだ。

「あ、あのっ！」

　最初に声を上げたのはエルーガだった。

「こいつを助けてやれませんか」

「エルーガさん」

「いくら奴隷だからってあんまりでしょう？　ユリアスはもう俺たちの立派な仲間です。俺、仲間がいなくなったり、死んだりするのはもう見たくない」

「俺も」

　すぐに賛同したのはスワイドだ。エルーガと顔を見合わせ、力強く頷く。

「王の気紛れで誰かが辛い目に遭うのはもうたくさんだ。何とかするために俺も協力したいです」

「スワイド。エルーガ。心強い言葉をありがとう」

　カルディエムは勇敢な若者ふたりを労った後で、もう一度こちらを見た。

「ユリアス。私はあなたに伽を命令だと教えました。命を守るためには我慢しなければならないことだと。……それなのに、おかしいでしょう。いざその時が来たと思うと滑稽《こっけい》なほどに私は慌てた。どうしてもあなたを王に渡したくなかったのです」

「カルディエム様」

「あなたの命が奪われるようなことは絶対にあってはならない。けれど、同じだけの強さであなたの心も身体もそのままであってほしいと願っています。……私はひどく我儘だ。だがこれが本心です。今だけは神官としてではなく、熱を持つ生身の男として、あなたを守りたいと思っています」

　カルディエムが熱っぽく畳みかける。彼は何かに挑みかかるように目を眇め、瞳の奥に力をこめると、きっぱりと告げた。

「あなたを、安全な隣国ローゼンリヒトに亡命させます」

「……！」

　それは思いもよらない提案だった。

「バーゼル川の流れは速い。夜半過ぎには雨も降り出すでしょう。それまでに城を出て国境付近の砦《とりで》を越え、川の向こうに渡る必要があります。行動を起こすなら今夜しかありません」

　スワイドが目の色を変えて割りこんでくる。

「ユリアスを城から逃がす？　本気でお考えですか、カルディエム様」

「ええ。私は本気です」

「……っ」

　スワイドは絶句した。自分もだ。

「ま…、待って。待ってください、カルディエム様。ぼくは亡命なんて望んでいません」

　慌てて詰め寄るものの、駄々《だだ》っ子をあやすように首をふられるばかりだ。

「ユリアス。聞き分けて」

「できません。だって、そんなことしたらカルディエム様はどうなるんですか。見つかったらただじゃ済まないことぐらいぼくにだってわかります」

　頭の中で激しく警鐘が鳴った。自分のせいで彼の命が危険に晒されるなんて耐えられない。

「俺が行きます。俺が、ユリアスをローゼンリヒトまで無事に送り届けます」

「俺も行きます。お任せください」

　スワイドとエルーガが自ら名乗り出てくれる。

　それでも、カルディエムは頑として譲らなかった。

「あなた方を危ない目に遭わせるわけにはいきません。捕らえられたら死は免れない」

「でも、カルディエム様に万が一のことがあったら村人たちの心の拠り所がなくなっちまう」

「城の皆にとっても同じです。お願いです。無茶をなさらないでください」

「カルディエム様。同じ神官として申し上げます。どうか国のためにお考え直しください」

　シドまでもその場に跪く。

　カルディエムは苦しげに眉を寄せ、それでも首を横にふった。

「シド。あなたには苦労ばかりかけてしまうことをどうか許してください」

「カルディエム様」

「国のためと自分に言い聞かせて、ルクシュの民の恨みも晴らさず、ラクサの民の痛みも呑みこんで、そうして今日までやってきました。それでも、どうしてもこれだけは譲れない――。私にもしものことがあれば、シド、後のことは頼みます」

「何をおっしゃるのですか！」

シドが悲鳴のような声を上げる。

これ以上黙っていられず、ユリアスは夢中でカルディエムに縋った。

「ユリアス！」

「ぼく、ジャミール様のご命令に従います」

「ぼくのせいで、カルディエム様や皆さんが危ない目に遭うなんておかしい。そんなこと絶対あってはいけません。ぼくなら大丈夫ですから」

「いけない。ユリアス」

「ぼくは王の奴隷です」

「けれどひとりの人間です」

「カルディエム様に助けていただきました」

「それを捨てると言うのですか」

「ご恩返しがしたいのです」

「そんなことで私がよろこぶとでも！」

カルディエムは語気を荒げ、怒りに顔を歪ませる。

誰に対してもやさしく、おだやかで凜然とした人がこんなにも感情も露《あら》わにするところをこれまで見たことがなかった。

「虐げられることに慣れてはいけない。あなたは、もっと自分を大切にしなければいけない」

「でも、それならカルディエム様だって」

「人は、人を慈しむことで救われる――あなたはそれを私に教えてくださった。だから今度は、私があなたにお返しする番です」

カルディエムは一同の顔を見回すと、強い口調で宣言した。

「日が落ちたら城を出ます。彼をローゼンリヒトに送り届け、身の安全が確保できたのを見届けてから私はゲルヘムに戻ってきます」

「いけません、カルディエム様！　それでは殺されに帰ってくるようなもの」

たまらずスワイドが声を上げる。

「私は私の罪を償うために戻るのです。罪もすべて私ひとりに」

カルディエムは、わなわなとふるえるスワイドの肩をポンと叩き、顔を強張らせるエルーガの背中もやさしく撫でると、皆に向かって微笑んだ。

「心配はいりません。我々神官は王にとって人心掌握の道具。そう簡単に殺したりはしないはずです。醜く生き恥を晒す姿を嗤うため、そして王の恩情の証として」

シドがごくりと咽喉《いんこう》を下げる。

スワイドとエルーガも覚悟を決めたように頷いた。

「……わかりました。ご不在中の職務は、私がこの命に替えましても」

「シド。ありがとう」

「それならカルディエム様。ここが村への近道です」

スワイドがユリアスの地図を使って最短ルートを示せば、エルーガも負けじと役割を請け負う。

「俺は、城の裏門を開けておいてくれるよう護衛にかけ合っておきます。すぐに出発できるように」

「ありがとう。スワイド、エルーガ。感謝します」

カルディエムは一同を見回し、頷いた。

日が落ちるまであと一時間。

バタバタと動き出した運命に、当事者である自分だけが追いつけない。ユリアスは胸騒ぎにお守りを握り締めながら立ち尽くすばかりだった。

日没を待ってユリアスの亡命がはじまった。

出発直前、慌ただしく皆に別れを告げる。

シドは無言の抱擁を、スワイドやエルーガは目に涙を浮かべながら固い握手を交わしてくれた。エマたちはユリアスをぎゅうっと抱き締め、「あんたまで見送ることになるなんて……」と涙を落とした。

みんなみんな、いい人ばかりだった。

十七年という人生で一番しあわせな時間だった。だからこんなにも後ろ髪を引かれてしまうのかもしれない。何度も立ち止まっては、城壁をふり返りながらユリアスは仲間の顔を思い浮かべた。

――本当にありがとうございました。皆さん、どうかお元気で……。

それが自分の最後の願いだ。

城に向かって一礼し、気持ちに区切りをつけると、ユリアスは踵を返してカルディエムの背中を追った。

エルーガのおかげですんなりと裏門を抜け、そのまま裏手の急斜面を下る。

城に連れてこられた時とは反対側だ。

こちらには石畳が敷かれたような歩きやすい道はなく、アドレア軍が駐留する塔の灯りもぼんやりと見えるばかり。前を行くカルディエムの背中すら、暗闇に紛れてともすると見えなくなってしまう。

「……っ！」

獣道のような斜面を下る際、何度も足を滑らせて尻餅をついた。

底の薄い靴は、湿気を多く含んだ土と相性が悪い。ただでさえ踏ん張りが利かない上に滑りやすいのだ。思わず「わっ」と叫びそうになっては、そのたびに必死の思いで声をこらえた。

どこに見張りがいるかわからない。

それは、出発前にカルディエムに言い含められたことだ。

ジャミールは、敵国の襲撃以上に内紛を警戒している。ただでさえ多くの民衆が近隣国に逃げ出したことに腹を立て、ますます締めつけを厳しくするような王だ。これ以上恥の上塗りをするわけにはいかないと、昼夜問わずあちこちに見張りを立てている可能性がある。

――そんなことをするから人はいなくなるのだろうに……。

そんな王のもとに残してきた仲間たちはこれからいったいどうなるのだろう。

「ユリアス」

考えごとをしていたせいでペースが遅くなってしまったらしく、少し先を歩いていたカルディエムが立ち止まった。

いけない。今は思案に暮れている場合ではない。とにかく少しでも早く遠くに行かなくては。

「すみません。何でもありません」

急いで駆け寄るユリアスを待って、カルディエムは再び踵を返した。

歩きながら、前を行く背中をじっと見上げる。

こうして一緒にいられるのもあと数日だ。ローゼンリヒトに着き次第、己の自由と引き換えに彼とは二度と会えなくなる。見知らぬ土地でひとり生きなければならない不安より、その後の彼に待ち受ける刑罰の方が怖《おそ》ろしくて気が気ではなかった。


――いっそ、このままずっとふたりでいたい。

ローゼンリヒトになんて着かなければいいのに。

そんな考えがチラと過《よぎ》り、ユリアスは慌てて頭をふった。

それだけのリスクを負って彼は自分を亡命させようとしてくれているのだ。文字どおり命懸けの賭けに全力で応えずして何としよう。

たとえどんな未来が待っていようとも。

――どうか、ぼくたちをお守りください。

服の上から〈龍の鱗〉に触れ、気持ちを奮い立たせると、ユリアスは可能な限り早足でカルディエムの背中を追った。

肌に触れる空気は出発した頃よりさらに重たく、夜風にも雨の匂いが混じるようになった。もう間もなく降り出すのだろう。それまでに何としてでも城塞を抜け、村まで辿り着かなくては。

村の入口には、スワイドから急遽《きゅうきょ》要請を受けた村人たちが馬を用意してくれているはずだ。暗闇に紛れて砦をすり抜け、そのまま二日ほど走り続ければローゼンリヒトに着けるだろう。

泳ぎを知らないユリアスが流れの速いバーゼル川を渡るのは危険と判断し、橋を使う前提でカルディエムとスワイドが考えてくれたコースだ。少し遠回りにはなるものの成功率は格段に上がる。

だから、村に着くまでの辛抱だ。

そう自分に言い聞かせながらどれくらい歩いただろう。

旧市街を抜け、もう少しでバザールが開かれていたあの広場に出るというその時――――何かがビュッと風を切った。

「……動くな。死にたくなければな」

突然のことに声も出ない。

音の正体がすぐ前に突きつけられた剣だと気づき、ユリアスは「ヒッ」と息を呑んだ。

見れば、カルディエムも同じように剣を向けられている。いったいどこに潜んでいたのか、音もなく現れた五人の男たちには何《いず》れも見覚えがあった。

――――確か、王の取り巻きの……。

いつも玉座の周りでニヤニヤ嗤っていた連中だ。

「こんなところまで夜のお散歩とは、精が出るな。カルディエム」

さらには、男たちの後ろから聞き覚えのある声とともにひとりの男が現れた。

「ハッサム……」

カルディエムが呆然《ぼうぜん》と呟く。よもや王の右腕とも呼ばれる男が、こんな夜更けに包囲網の一端を担うとは思いもしなかったのだろう。

「逃げられるとでも思ったか、盗人《ぬすっと》め。それは王の気に入りの玩具だ。おおかた、育てた獲物が惜しくなったのだろう。神に仕える身でありながら強欲なことだ」

「……っ」

そうこうしている間にも男たちがジリジリと近づいてくる。カルディエムは片手を広げ、ユリアスを背中に庇った。

ハッサムがヒュッと鋭い音を立てながらサーベルで空を切る。一太刀で首を刎《は》ねてやると脅しているのか、あるいは恐怖に顔を歪めるのを見て愉しんでいるのかもしれない。

ハッサムは爬虫類《はちゅうるい》のように冷たい目を細めながらほくそ笑んだ。

「王に逆らったものがどうなるか、知らぬわけではあるまい。よくもこんなことをしでかしたものだ」

「私はどうなっても構いません。せめて彼だけは」

「ならぬ」

「ハッサム」

「ハッサム『様』だ。ルクシュ出の神官ごときが呼び捨てにして良い名ではないわ」

ハッサムが顎を決ると、男たちがいっせいに間合いを詰めてくる。

カルディエムがすかさず腰の短剣を抜いた。護身用としてエルーガが持たせてくれたものだ。まさか本当に使うことになるなんて。

彼はその切っ先を迷わずハッサムに向けた。

「私が相手だ。ユリアスには手を出すな」

「ほう？　いつの間に奴隷に名など与えた。王の持ちものにそのような真似を」

ハッサムは動じない。うっとおしげに目を眇める仕草がジャミール王にそっくりだ。彼は男たちをふり返ると、低い声で「やれ」と命じた。

「……！」

たちまち目の前で斬り合いがはじまる。

カルディエムひとりに対し、男たちの数は五人。それも各々長剣を手に、タイミングをずらして襲ってくる。

ひとりを避ければふたり目の剣が掠め、辛うじてそれを打ち返しても別の方向から三つ目の刃《やいば》が斬りかかる。すべてを避けることなどできるわけがなく、カルディエムはみるみる傷だらけになっていった。

「や…、やめて。やめてください！」

このままでは殺されてしまう。

夢中で割って入ったものの、戦い方も知らないユリアスにできることなど何もない。あっという間に男たちに捕らえられ、髪を鷲《わし》摑みにされたり、服を破られたりして辱めを受けた。

「なんだこいつ。〈龍の鱗〉なんて提げてら」

ユリアスを戒めていた男が首から提げたお守りを目敏《めざと》く見つける。

「龍人でもないくせに、誰にもらったんだ？」

「や、やめっ……」

抵抗虚しく取り上げられそうになった、その時だ。男はなぜか「うわっ！」と叫び声を上げながら慌てて鱗から手を離した。

「熱《あ》っち！　何だこりゃ」

「素手はやめておけ。相当な力が宿ってる証拠だ」

ハッサムが近寄ってくる。

「このまま持たせておいたら俺たちにとって厄介なことになる。……だからこうだ」

目にも留まらぬ早さでブツッと紐を千切られたかと思うと、地面に落ちた〈龍の鱗〉をハッサムが足で踏み潰した。

「やっ、やめ……っ、やめて……！」

止める間もなく、持っていた剣で突き通される。

その瞬間、鱗は無残にも砕け散った。

「――――！」

頭の中が真っ白になる。

それは、カルディエムからもらった大切なものだ。生涯たった一度だけの貴重な鱗だったのだ。これまで何度も危ないところを助けてもらった恩があった。

それなのに。

急いで砕けた欠片《かけら》を拾い集めようとしたユリアスだったが、後ろから背中を蹴られて地面に倒れる。

その間に男たちは鱗を蹴散らしてしまった。

「う……、うぅ……」

痛みと悔しさで涙さえ出ない。

だがそうして身体を丸め、苦しみに呻《うめ》く間にも、剣を奪われたカルディエムには殴る蹴るの集団暴行がはじまっていた。

「カルディエム様！」

身の毛もよだつ恐怖に痛みも忘れ、とっさにカルディエムの身体に覆い被《かぶ》さる。

「やめて！　やめて、お願いです！　カルディエム様が死んじゃう！」

何度も引き剝がされては殴られ、蹴られ、それでもユリアスは抗い続けた。

――神様……！

固く目を閉じ、カルディエムが信じていたものの名を叫ぶ。

――どうして、こんな目に……。

あまりに理不尽な仕打ちだ。自分たちがいったい何をしたというのか。

――もしかして……ぼくが、ローゼンリヒトに着かなければいいなんて考えたから……？

ハッとした。

同時に、怖ろしさに吐き気がこみ上げる。

散々に痛めつけられ、もはや抵抗する力さえなくなったカルディエムに男がトドメを刺そうとしたところで、ハッサムが「待て」と止めた。

「こいつにはまだ働いてもらう」

ハッサムはカルディエムの長い髪を鷲摑みにし、そのまま乱暴に引っ張り上げる。

カルディエムは低く呻きながらこちらを見た。

「ユリアス……あなただけでも、逃げなさい……」

「そんなことできません。カルディエム様を置いて逃げるだなんて」

「おまえは邪魔だ！」

　縋りつこうとしたところでハッサムに真横から頭を蹴り飛ばされ、瞬時に視界が真っ暗になる。

「……っ」

「ユリアス！」

　地面に頭を強打し、そのまま動けなくなった。

　ぐったりしたユリアスを、男たちは荷物のように乗ってきた馬に担ぎ上げる。カルディエムも乱暴に別の馬に乗せられたようだ。

　かくして、ふたりは罪人として城へ連れ戻され、王の前に引き摺《ず》り出された。

　宴に興じていたジャミールは酒くさい息を吐きながらニヤニヤとこちらを見下ろしてくる。

　身体を拘束していた男たちが手を離すなり、カルディエムは支えを失ってドサリと床に崩れ落ちた。

「カルディエム様！」

　何とかして駆け寄りたいのに、後ろ手に縛られていて身動きが取れない。

　ジャミールはカルディエムの前までやってくると、あろうことか、土足で頭を踏みつけた。

「これが神に仕えるもののなれの果てとは、無様なものだな。奴隷ごときをかわいそうとでも思ったのか？　聖職者というのは実に慈悲深い生きものだ。だがそのせいで、みすみす己を危険に晒す」

「……く、っ……」

「こうなるだろうことは予想していた。そうすれば、裏切りを理由におまえに釘を刺せるだろうともな。……おまえは神の言葉を伝えると言いながら、城中だけじゃ飽き足らず、近隣の村人まで懐柔しているそうじゃないか。誰がそんな勝手を許した？　神に祈るのは俺のためだ。愚民どもの目を俺に向けさせ崇めさせるためだ。それ以外何の役にも立たん」

「神は……見て…、おられます」

「ハッ。くだらん。何の富も生まない偶像だ」

ジャミールは心底馬鹿にしたように鼻で嗤う。

「おまえには教育が必要なようだな。王の従属として生きるための覚悟を決めさせてやろう」

ジャミールが顎を決ると、取り巻きたちが倒れたカルディエムを取り囲んだ。ぐったりとした身体を無理矢理起こし、膝立ちにさせると、四人がかりで押さえつける。

ハッサムが短刀を抜いた瞬間、全身から血の気が引いた。

「な、何を……やめて！　やめてください！」

「うるさいガキを黙らせろ」

ユリアスの必死の嘆願も虚しく、近くにいた男に思いきり鳩尾《みぞおち》を殴られる。

「うっ…、ぐ……」

目の前にチカチカと星が散った。

衝撃に身体を丸めたのも束の間、さらに背中にも一撃を食らわされた。あまりの痛みに叫ぶどころか、呼吸さえもままならない。

その場に崩れたユリアスは、乱暴に髪を摑まれ、力尽くで顔を上げさせられた。

「よく見とけ」

しゃがみこんだ男に耳元で吹きこまれる。

「ここで死なれては見せしめにならんからな。片方だけで許してやろう。王の恩情に感謝せよ」

ハッサムがそう言って短剣をふり上げる。

彼は刀身をギラリと光らせながら、無抵抗のカルディエムの左目に鋭い切っ先を突き立てた。

「ああああっ――――……！」

耳を劈《つんざ》くような壮絶な絶叫。

刃が引き抜かれると同時に、カルディエムの顔面からは勢いよく鮮血が噴き出した。激しくのた打つ身体は四人がかりで押さえつけられ、半身を夥《おびただ》しい血で染めた姿がジャミールやユリアスの方に向けられる。

その瞬間、息が止まった。

命より大切なものが目の前で壊されてしまったことに、心が木っ端微塵《みじん》に砕け散る。

「カルディエム様！　カルディエム様！　カルディエム様あああぁっ……！」

狂ったように声を限りに名を呼び続け、それきりユリアスの意識はぷつりと切れた。

夢を見た。子供の頃の夢だ。

周りには、自分と同じように赤い目をした人たちがたくさんいる。

血赤珊瑚《ちあかさんご》のような真っ赤な目をした人もいれば、自分のような柘榴色、夕日のような橙《だいだい》色、あるいは紅茶のような赤褐色など十人十色だったけれど、誰もが一目で同じ民族だとわかる見た目をしていた。

だから、外見で線引きされるはずはなかった。

それなのにどうしてだろう。皆は自分を腫れもののように扱った。「忌み児《ご》」「忌《き》諱《い》の子」と遠巻きにされ、来る日も来る日も重労働を強いられた。身も心もボロボロになり、気を失うようにして眠る毎日だった。

奴隷商人に声をかけられたのはそんな時だ。

思いがけず高値がついた自分を主人は別れも惜しまずに商人に押しつけ、商人も「新天地に行けば素晴らしい暮らしが待ってるぞ」と甘い言葉とともに自分を奴隷船に押しこんだ。

その結果がこれだ。

期待に胸を膨らませていた自分を待っていたのは絶望だった。今度はその見た目から「エトランゼ」と蔑まれ、疎まれ、除《の》け者にされて、薄暗いバザールの片隅で死を待つばかりの日々を過ごした。

緑のある場所では「忌み児」と呼ばれ、柵《しがらみ》のない国では「エトランゼ」と後ろ指を指される。どうして人生はこんなに苦しいことばかりなのだろうと悩んだこともある。

けれど答えは出なかった。そういうものだと諦めてもいた。誰にも望まれずに生まれ、そして死んでいくのだろうと。

そんな時、天から救いの光が差した。

カルディエムだ。彼に出会って自分は変わった。ユリアスとして生まれ直した。ありのままを受け入れてもらい、たくさんの「はじめて」を積み重ねて、心からしあわせだと思う毎日を送った。彼がいてくれたから今がある。彼のおかげでこの命はある。

それなのに――――。

「カルディエム様……！」

ガバッと飛び起きる。

周囲は薄暗く、遠くの方にぼんやりと灯が見えるばかりだ。自分が眠っていたということすら目が覚めてからはじめて気づいた。

「カルディエム様は？」

ハッとして辺りを見回す。

長椅子から転げ落ちるようにして急いで光の方に躙《にじ》り寄ると、分厚い布で左目を覆ったカルディエムが寝台に横たわっているのが見えた。呼吸は荒く、ひどく苦しそうだ。

傍らにはシドがいた。彼は起きてきたユリアスを見るなり立ち上がり、「外へ」とドアを指す。眠っているカルディエムを気遣ってのことだろう。

離れから少し行ったところにあるベンチに並んで腰を下ろすと、シドはこちらに向き直った。

「気分はどうだ。どこか痛みはあるか」

「いえ」

「そうか。気を失っていたのでここへ運んだ。……大変なものを目《ま》の当たりにしたな」

「……っ」

シドの一言で気絶する前の光景をまざまざと思い出す。

「カルディエム様は……カルディエム様は、ご無事なのですか」

「……わからない」

顔を強張らせるシドに血の気が引いた。

「村医師を呼ぶのに時間がかかった。その間に俺たちで止血はしたが、いかんせん出血が多い」

「村医師？　お城にも専属のお医者様がいらっしゃるのでは……」

「やつは王の取り巻きのひとりだ。何をされるかわからない」

シドが険しい顔で闇を睨む。

「スワイドに頼んで、村で一番の腕利きに来てもらった。カルディエム様の役に立てるのなら王の報復に遭ったとしても構わないと言ってくれてな……。手当てをしてもらって薬も飲ませた。だが、熱が高くて危険な状態だ。これが三日続いたら覚悟が必要だと言われている」

「そんな……」

いても立ってもいられずに寝室に戻ろうとするのを止められる。できることは何もないのだ。今はただ信じて奇跡の回復を祈るしかない。そう言われ、ユリアスはがっくりと項垂《うなだ》れた。

カルディエムが言ったとおり、彼の命まで取られることはなかった。

けれどその代わり、死ぬほどの苦痛を与えられ、大切な左目を失うという取り返しのつかない事態に陥っている。

「ぼくを、助けようとしたから……」

罪悪感で心が引き千切れそうだ。両手で顔を覆い、俯《うつむ》くばかりのユリアスの背を、シドが励ますようにポンと叩いた。

「カルディエム様は、すべてを承知でおまえを助けることを選んだ。だからおまえはそれを悔いてはならない」

「シド様」

　ハッとして顔を上げる。

「自分のせいでこうなったと思い詰めてはならない。それはカルディエム様の決断を無下にすることになる。……痛々しい結果になってしまったことは俺も辛い。おまえだって辛いだろう。同じようにカルディエム様ご自身もとても辛く思われているはずだ。おまえを助けられなかったと」

　だが、とシドは強い口調で続けた。

「カルディエム様は、諦めてはおられないはずだ。カルディエム様が城内のものや村人たちから信頼されていることはジャミール王も認めている。そして焦っている。だからこのような見せしめの手段に出たのだろう。今は最悪の事態に思えるが、カルディエム様ならきっと覆してくださるはずだ」

　その口調からは確固たる信念が伝わってくる。

「シド様は、カルディエム様を強く信じていらっしゃるんですね」

「それはおまえも同じだろう？」

「ぼくも……」

　途中まで言いかけ、けれど迷ってユリアスは再び俯いた。

「いいんでしょうか。生まれた時から『忌み児』と言われ、この国に来てからは『エトランゼ』と呼ばれたようなぼくが……。近くにいては、また危ないことに巻きこんでしまいそうで怖いんです」

　自分のせいでまた傷つけるようなことがあったら、今度こそ自分で自分が許せない。今だって頭がおかしくなりそうなのに。

　膝の上の手をぎゅっと握ると、それを見たシドが今度は頭を撫でてくれた。

「カルディエム様は、どんなおまえも受け入れると言わなかったか」

「あ…」

「おまえの名は、慈しむものという意味ではないのか。大切なルクシュの言葉を贈ったおまえをどうしてカルディエム様が拒むだろう。あの方はおまえを心から大切に思っておられる。長年傍で仕えていた俺が言うのだ。間違いない」

「シド様……」

　やさしい言葉がじわっと染みる。知らぬ間に涙があふれてくる。

　シドはそれに気づかなかったふりをしてユリアスの頭をわしゃわしゃと掻き回した。

　それからおもむろにベンチを立つ。

「しばらくの間、カルディエム様の仕事は俺が行う。回復なさるまでおまえはカルディエム様についていてくれ」

「わかりました。一生懸命、お世話をさせていただきます」

　シドはその場で短い祈りを捧げ、そのまま自室へ引き上げていく。

　ユリアスは部屋に戻ると、ベッドの脇に置かれた丸椅子に腰かけ、かつてカルディエムに教わったとおり両手を組んだ。

　諦めてはいけない。きっと助かる。きっと目を覚ます。そのために祈るのだ。この人を死なせるわけにはいかない。

　――神様、お願いです。どうかカルディエム様をお助けください。

　組んだ両手に力が入る。

　やがて東の空が白みはじめても、ユリアスはまんじりともせずにカルディエムのために祈り続けた。

それから三日後、カルディエムがようやく目を覚ました。

「……ユリアス」

掠れた声に名を呼ばれる。

顔を上げると、こちらを見つめる緑青の瞳と目が合った。この三日、もう一度見たいと焦がれるほど願ったその色だ。

「カルディエム様。気がついたんですね。良かった……！」

一命を取り留めたとわかってほっとするあまり、身体中から力が抜ける。

その場に崩れそうな己を奮い立たせ、ユリアスは毅然《きぜん》と立ち上がった。今度は一刻も早くお医者様に診てもらわなければ。

「すぐに先生をお呼びしてきます」

取るものもとりあえず部屋を飛び出す。

最初に応急処置をしてもらって以来、件《くだん》の村医者には半日に一度のペースでカルディエムの様子を診てもらっている。

だがそのたびに村と城とを行き来させるのは忍びなく、かといって村人を勝手に城に住まわせるわけにもいかず、苦肉の策として出した答えが塔での仮住まいだった。

城のすぐ近くに駐留しているアドレア軍に協力を依頼し、医師をアドレア軍の塔に寝泊まりさせてほしいと頼んだのだ。

交渉役の近衛《このえ》兵がどこまで事情を説明したかはわからないが、少なくともアドレア側は快く協力してくれたと聞いている。独裁監視のためにこの国に駐留しているそうだが、話のわかる人たちだ。ジャミール王の折檻による人命救助ということもあって、積極的に関わろうとしてくれたのかもしれない。

ユリアスは城の敷地をぐるりと半周し、シドから聞いていた近衛兵の詰め所に向かった。

交渉役を務めたマハムという男に会うのはこれがはじめてだ。名前こそ聞いてはいたものの、相手は自分のことなど知らないだろう。突然エトランゼがやってきたら驚かせてしまうかもしれない。

「……でも、行かないと」

一瞬躊躇したが、すぐにカルディエムの一大事だと腹を括った。どんなに嫌な顔をされても、煙たがられても、これだけは完遂しなければならない。

案の定、取り次ぎを頼んだ近衛兵はユリアスを見るなりギョッとして目を逸らしたが、呼び出されたマハムは「カルディエム様んとこの奴隷だな！」と顔を輝かせた。

「どうして、それを……」

「カルディエム様の近くに変わった見た目の奴隷がいるって聞いたことがあってよ。確かに俺たち龍人とはだいぶ違うが、おかげですぐにわかったぞ」

マハムはそう言ってガハハと笑う。

さすが兵士というだけあって豪傑そうな人だ。スワイドやエルーガより身体も一回りは大きいだろうか。歳も少し上だろう。肩や太股には筋肉が隆々と盛り上がっていて、戦場ではさぞや活躍するに違いない。

「それで、カルディエム様のご様子はどうだ」

「はい。ついさっき目を覚まされたんです。それでお医者様を」

「そういうことだったか。よーしわかった。すぐに呼んでこよう」

「あの…、ぼくも行きます」

マハムが笑顔で首をふる。

「気持ちはわかるが、あんたはカルディエム様についててくれ。すぐに戻る」

マハムは近くにいた上官に一声かけるなり、そのまま駆け出していった。

それなら。

ユリアスはくるりと踵を返し、シドのもとへ向かう。カルディエムの意識が戻ったことを彼にも一刻も早く伝えたかったからだ。

神官たちの住まいは離れにまとめられている。ただでさえ広い城の敷地内を行ったり来たりで、あっという間に息が上がった。こんなに長く走ったことのないユリアスの足はすでにガクガクだ。

せめて少しでも距離を短縮できればと、中庭に面した回廊に足を踏み入れたその時、向こうから取り巻きを連れたハッサムが歩いてくるのが見えた。

「……！」

彼はすぐにユリアスに気づき、胡散臭《うさんくさ》そうに目を眇めた。

……いけない。奴隷の分際でこんなところに立ち入るなんてと咎《とが》められたら言い訳のしようもない。

ユリアスは急いでハッサムたちに頭を下げると、回廊の脇にいくつかある通用口から外に出た。

その背中を追いかけるようにして嘲笑の声が飛んでくる。「薄汚い鼠《ねずみ》がウロついているようだ」「死に損ないが」などという心ない言葉にユリアスは聞こえなかったふりをして、一目散に離れへと駆けた。

やっとの思いでシドの部屋に辿り着く。

「シド様。カルディエム様が目を覚まされました」

ユリアスが放った第一声に、窓際で祈りを捧げていたシドは弾かれたように立ち上がった。

「本当か！　良かった。医者の手配は」

「はい。マハムさんに」

「よくやった。では我々もすぐに」

急き立てられるようにしてカルディエムの部屋に戻る。

彼は目を閉じていたが、ふたりの気配に気づいてゆっくりと右目を開けた。

「カルディエム様、ご気分はいかがですか。今、医者を呼びにやっています」

「ありがとう。シド」

「俺ではありません。ユリアスが」

シドにポンと背中を押され、寝台に歩み寄る。

すると、「もっと近くに」というようにカルディエムが右手を伸ばしてきた。それに応えて手を取ると驚くほど強い力で握り返される。海のような緑青の瞳は涙の膜に包まれていた。

「こうしてまた、あなたの姿を目に映すことができて良かった」

「カルディエム様……」

そこへ、慌ただしい足音が近づいてくる。

ノックに応えて扉を開けると、マハムと村医者が立っていた。よほど急いで来てくれたのだろう。医者は息を切らせ、大きく肩を上下させながらシドとユリアスに向かって一礼する。

「カルディエム様が…、目を、覚まされたそうで」

「ありがとうございます。どうぞこちらへ」

診察の邪魔にならないよう、少し離れたところで待機するユリアスたちの前で医師は手早く包帯を取り、血の滲んだ当て布を外す。

「……っ」

露わになった傷のあまりの痛々しさに息を呑んだ。あれが王に刃向かった烙印《らくいん》なのだ。自分のために彼が負った代償なのだ。それをまざまざと突きつけられる思いだった。

息を殺し、全身をふるわせ、それでも決して目を逸らすまいと見つめるユリアスの背をシドがそっと撫でてくれる。彼もまた唇を真一文字に引き結び、深い痛みに耐えていた。

――シド様……。

悔しさと苦しみが綯《な》い交ぜになった顔だ。彼の胸中にも様々なものが去来しているに違いない。この思いを決して忘れまいと目に焼きつけているように見えた。

左目に処置が施され、新しい布が宛がわれた後、その上をさらに黒いもので覆われる。

　不思議に思って見ていると、シドが「あれは眼帯というのだ」と教えてくれた。なんでも、怪我をした目を守るものなのだそうだ。傷が癒えた後は当て布などを外し、眼帯だけで生活するという。

「これでしばらく様子を見ましょう。毎日新しい布に取り替えて、それから急な運動などもなさいませんように。ご回復を最優先にお過ごしください」

「本当にありがとうございました。先生には感謝の言葉もありません」

「カルディエム様のお役に立てて光栄でございます。どうぞご無理なさいませんように」

　医師はカルディエムに一礼し、シドやユリアスたちにも頭を下げると、マハムとともに出ていった。

　これでやっと一段落だ。

　シドとほっとしながら顔を見合わせたのも束の間、今度は反対側からバタバタと足音が近づいてくる。すぐに勢いよくドアが叩かれた。

「ここを開けろ！」

　有無を言わさぬ強い口調にシドと目を合わせる。

　恐る恐るそれに応じると、扉を開けたユリアスを押し退《の》けるようにしてハッサムが入ってきた。驚いたことにジャミールも一緒だ。後ろには取り巻き連中の姿もある。

　走り回っているユリアスを見て、カルディエムが目を覚ましたと勘づいたのだろう。それでわざわざ大挙して揶揄《やゆ》しにやってきたのだ。

　無遠慮に部屋に踏みこんできた一行は、眼帯姿のカルディエムを見るなり芝居がかった調子で嘲り嗤った。

「おやおや。隻眼の神官とはなんとみっともない。これでは海賊か奴隷ではないか」

「そんな姿で祈っても神は顔を背けるだろうに」

「反逆の罪とはかくも怖ろしい。神官殿も地に落ちたものだ」

「なっ…」

　思わず声を上げそうになり、後ろからシドに口を塞がれる。どんなに「落ち着け」と諭されても腸《はらわた》が煮えくり返りそうだった。

　飛びかからんばかりのユリアスなどお構いなしに、ジャミールは気紛れに寝台の脚を蹴る。衝撃に呻くカルディエムの苦しむ姿を観察しながら王はフンと鼻を鳴らした。

「この程度で死なれてはつまらん。おまえにはもっと働いてもらう。この俺の求心力を高めるために、せいぜい神とやらに祈って民衆どもを黙らせろ」

　ジャミールはニヤリと口角を上げ、無情にも命令を言い渡す。

「明日から務めに復職せよ」

「畏れながら申し上げます！」

　とっさに声を上げたのはシドだった。ユリアスを離し、一歩前に進み出る。

「カルディエム様はつい先ほど意識を取り戻されたばかり。ご回復には時間がかかります。仕事でしたらこれまでどおりこの私が」

「ならん」

「ですが、無理をしては傷に障りが……」

「構わん」

　一蹴するジャミールの後ろでハッサムもニヤリと嗤った。

「罪人に恩情など施すわけがなかろう」

　シドがギリリと奥歯を噛む。

　悔しさのあまり自分も前に出ようとしたその時、カルディエムがゆっくりと上体を起こした。

「カルディエム様！」

　腕を伸ばし、ふらつく身体を慌てて支える。目を覚ましたばかりなのに起き上がるなんて無茶だ。

けれどカルディエムはそんな無言の訴えを眼差しで呑みこむと、ジャミールに向かって頭を下げた。

「畏まりました」

「……っ」

　とても正気の沙汰とは思えない。

　けれど、息を呑むユリアスやシドをよそに、カルディエムは淡々と続けた。

「このたびの恩情、身に余るものであると深く感謝を申し上げるとともに、これよりは心を入れ替え、この国のため身を粉《こ》にして働く所存でございます。二度と同じ過ちをくり返しはいたしません」

　ジャミールが真意を探るように目を眇める。

「どうした。やけに素直じゃないか。今度は右目が惜しくなったか」

「自らの役目に気づいただけでございます」

「呆れた遅さだ。それで神官とは」

　ジャミールは肩を竦めながらも、釘を刺すように低い声で「だが」と続けた。

「裏切者にたびたび恩情が与えられると思うなよ。次はない。覚悟しておけ」

　一方的に言い捨ててジャミールが踵を返す。

　足音荒く出ていく王にハッサムや取り巻きたちもぞろぞろと続き、彼らは嵐のように去っていった。

「……カルディエム様。どうぞ横に」

　最後まで毅然と扉を見つめていたカルディエムに声をかける。そうしてみてはじめて彼がひどい汗を掻いていることに気がついた。

　眩暈が襲ってきたのか、目の辺りを覆うのを見て、ユリアスはとっさに手を差し伸べた。

「シド様。すみません、そちら側からも支えていただけますか」

「よし」

　ベッドを挟んで向こうとこちら、ふたりがかりでカルディエムを床に戻す。

横になってしばらくすると眩暈も落ち着いたのか、呼吸が安定してくるのを見てユリアスはほっと胸を撫で下ろした。

汗を掻いたままでは寝苦しいだろうと、濡らした布でユリアスが身体を拭う間、急遽明日から復職することになったカルディエムのためにシドが仕事の状況を報告する。本来であれば病人に聞かせるような話ではないが、致し方なしと判断したようだ。

けれど、内容を聞いて驚いてしまった。

「明日の礼拝の準備は済ませてあります。教会の訪問と病人の慰問は、本日のうちに私が代理で行い、明日は外出いただかなくて良いようにしておきます。明後日に予定されていた礼拝堂修繕の打ち合わせも本日に前倒しさせましょう。逆に、来週の堂内清掃は再来週に」

シドはそこまで一息に言いきると、「とにかく」と声のトーンを落とした。

「でき得る限りお身体にご負担のないようにいたします。お辛い時はいつでもおっしゃってください。このシド、全力でお支えいたします」

「あなたには何とお礼を言っていいか……。シド、本当にありがとう」

「一日も早いご回復を神に祈ります。そして次こそは、ルクシュとラクサの民の平和を」

「……！　シド。あなたは……」

カルディエムが目を瞠る。

ふたりがそうして見つめ合っていたのは短い時間だったけれど、目と目で互いの意思を伝え合うと、それぞれ黙って頷いた。

シドが静かに部屋を出ていく。

ユリアスもそれに続こうとしたが、カルディエムに引き留められた。

「あなたはもう少しここにいてください。あなたと話がしたい」

「でも、お疲れなのではありませんか。少し眠った方が……」

　カルディエムがゆっくりと首をふる。

　それならと、ユリアスは丸椅子に腰を下ろした。冷たい水で絞り直した布で額を拭ってやると、カルディエムは気持ち良さそうに頬をゆるめる。

　どれくらいそうしていただろう。

「夢を見ました」

　目を閉じたまま、カルディエムがぽつりと呟いた。

「私は、遠い国の港にいました。見たこともないような青い空、白い雲、そしてその間を楽しそうに飛び回る海鳥たち……。燦々《さんさん》と降り注ぐ太陽の光を受けて水面《みなも》はきらきらと輝き、まるでこの世の楽園のようでした。平和で争いのない、本当に素晴らしいところだった」

　夢の続きを見ているかのように彼の頬には微笑が浮かぶ。

「私は誰かの手を引いて海辺を散策し、疲れたら大きな木の下で様々なことを語らいました。生まれた国のこと、守ってきた文化のこと……そうして話をしているうちに気づいたのです。一緒にいたのは、あなただったと」

「え？」

　カルディエムは静かに瞼を開くと、幻を見るように目を細めた。

「私は、あなたと遠くへ行きたかったのかもしれない。誰にも虐げられることのない、ありのままでいられる場所に、あなたを連れていきたかった」

　緑青の瞳がユリアスを射貫《いぬ》く。

「あなたを、守りたかった――」

　声に滲む深い悔恨に、思わずカルディエムの手を握りしめた。

「カルディエム様はぼくのために命を懸けてくださいました。そのせいで大切な左目を……」

「すべては私の甘さが招いた結果です。策も練らず焦って行動したことで、もう少しであなたまで失ってしまうところだった。怖い思いをさせてしまいましたね。どうか許してください」

ユリアスは懸命に首をふる。彼が失ったものに比べたら自分なんて何でもない。

「シド様はおっしゃいました。カルディエム様は、ぼくを助けられなかったと悔やむだろうと。けれど同時に、こうも言われていました。きっと諦めてはいないはずだと」

「シドが……?」

カルディエムが右目を瞠る。伝わるものがあったのか、彼はそろそろと息を吐いた。

「彼には本当に驚かされます。私の言葉や行動から多くを汲《く》み取ってくれるのだから……」

「長年お仕えしていらっしゃると聞きました」

「出身は違えど、教会を通して城に上がる前からの長いつき合いになります。彼がいてくれてどれだけ助けられているか。もちろんユリアス、あなたもですよ」

カルディエムがやわらかに微笑む。

禍々《まがまが》しくも見える眼帯をつけているにもかかわらず、そのやさしい笑顔は前と少しも変わることがなく、だからこそ胸が痛んだ。

「カルディエム様に謝らなければいけないことがあります。せっかくいただいた〈龍の鱗〉を壊されてしまいました」

あの逃亡劇の夜、目の前で踏みつけられ、粉々にされた。欠片を拾うことさえできなかった。

そう言うと、カルディエムは静かに首をふった。

「謝ることはありませんよ。それまで少しでもあなたを守ることができたのなら、それで充分です」

「でも。カルディエム様からいただいた大切なものだったのに。ぼくの宝物だったのに」

「そんなふうに言っていただけるなんて……。ありがとう。ユリアス」

大きな手が伸びてきてやさしく髪を撫でてくれる。

「カルディエム様……」

節くれ立っていてあたたかい、この世で一番好きな手だ。失わずに済んで本当に良かった。たとえ遠からぬうちまた離ればなれになるのだとしても。

――しかたないんだ。

自分たちは逃げられなかった。元の神官と奴隷に戻ってしまった。彼は王に仕える身であり、自分は王の玩具となるのだ。

「カルディエム様にしていただいたことは一生忘れません。後宮に入っても、そのまま会えなくなったとしても」

カルディエムが息を呑んだ。

王に呼ばれるということは、性奴隷になることを意味する。一度後宮に入ったが最後、出てこられるのは捨てられた時か、殺されて死体になった後だ。運良く命拾いをしたとしても、辱めを受けた身体でカルディエムの前に出られるわけがない。

一度は覚悟したことだ。

だから、二度目はたやすいはずだった。

そう……思いたかった。思えなかった。

――だって、好きになってしまった。

迷惑だけはかけたくない。それなのに、好きという気持ちは後から後からあふれてくる。

――もっと一緒にいたい。ずっとカルディエム様の傍にいたい。

ともすると奴隷としての分別をなくしそうになる。分不相応な夢を見てしまいそうになる。

こんな気持ちになるくらいなら、もっと早く王のものになっておけば良かった。嫌で嫌でたまらないけれど、少なくとも彼は自分のせいで左目を失わずに済んだだろう。

シドは「自分を責めるな」と言ってくれた。カルディエムの決断を無下にすることになるのだからと。

それでも、ユリアスの気持ちを知ってもなお彼は同じことを言うだろうか。聖職者に対する不敬だと罵られたっておかしくない。

いっそ、出会った頃に戻れたら。

あるいは、生まれ変わることができたなら。

詮ない話だとわかっていても夢のようなことを考えてしまう。同じ立場の人間として出会えていたら、そこには明るい未来が待っていたかもしれない。

「ぼくも、この地に生まれていたら良かった」

つい、叶わぬ願いが口からこぼれた。

「ユリアス」

カルディエムの固い声にハッとする。

彼らルクシュやラクサの民がどれだけ苦難を強いられてきたのか知っているにもかかわらず、勝手なことをと思われたかもしれない。

「ご、ごめんなさい。自分のことしか考えていない発言でした。お許しください」

慌てて頭を下げる。唇を噛み、膝の上でこぶしを握りしめていると、やさしく手に手を重ねられた。

「私が怒っているとでも？　あなたにそう言ってもらえて、こんなにうれしく思っているのに」

「カルディエム様？」

驚いて顔を上げると、彼は言葉のとおり微笑んでいた。

「このゲルヘムがあなたの故郷であったらどんなに良いでしょう。あなたとともに生き、ともに暮らし、ともに夢を見られたらどんなにか……」

カルディエムは遠くを見るような目をした後で、静かに首をふった。

「ないものねだりをするのは私の悪い癖です。それでは一歩も前へは進めない」

「でも」

「前に進むと決めたのです。これは、私のための戦いでもある」

　戦いという言葉に胸の奥がざわっとなる。

　カルディエムは止めるのも聞かずにベッドの上に起き上がると、怖いくらい真剣な表情でまっすぐにこちらを見つめてきた。

「たとえあなたが王のものであったとしても、私はあなたを守りたい。役目としてではなく、ひとりの男として、あらゆるものからあなたを守る。あなたのためなら残った右目も、命さえも惜しくはない」

「い…っ、いけません。そんなことをしては！」

　反射的に立ち上がった。

　何より大切な人が自らの命を差し出そうとするなんて、そんなこと受け入れられるはずがない。

　必死に首をふるユリアスに、だがカルディエムはやさしく笑った。

「ユリアス――私の愛し子」

　腕を伸ばされ、あたたかな胸に引き寄せられる。息もできないほど強く強く抱き締められて頭の中が真っ白になった。

――今、カルディエム様が、ぼくを……。

　愛し子と呼んでくれた。左目を失った元凶である自分を。邪《よこしま》な想いを抱いてしまったこんな自分を。

――カルディエム様が……。

　言葉にならないほどうれしかった。

　自分が抱く気持ちと、彼が向けてくれる情とが同じでないことはわかっているけれど、それでも受け止めてもらえたことがうれしかった。

「泣いているのですか」

「ごめ…、なさい。うれしくて……」

　手の甲で涙を拭いながら頭を上げる。カルディエムが気遣わしげに顔を覗きこんでいたことを知り、こんな時だというのに胸が鳴った。

　そんな彼がそっと微笑む。

「あなたに出会えたことを心からしあわせに思っています。すべてはこのためにあったのだと」

「カルディエム様」

「泣かないで。そして、抗うことを忘れないで」

その言葉にハッとすると同時にようやく悟った。

彼はもう、これまでの彼ではない。

現に、出会った頃のような凛とした表情を取り戻している。痛みも苦しみも、悔しささえ超えてまっすぐに未来を見つめている。強い覚悟を滲ませる、見惚れるほど美しい横顔だった。

「私は決して諦めません。虐げられてきたすべてのものたちのためにこの身を捧げる覚悟です。二度と同じ過ちは犯しません。この眼帯が私の戒めになるでしょう」

カルディエムがきっぱりと告げる。

誇らしさに胸の奥が熱くふるえるのを感じながら、ユリアスは雄々しい横顔を見上げるのだった。


あれから二週間。

看病の甲斐あってカルディエムはすっかり回復し、神官職に復帰している。

そんな中にあって、左目を黒い眼帯で覆った姿は『反逆者』の代名詞として城内に広まりつつあった。取り巻き連中がおもしろがって吹聴《ふいちょう》しているのだ。

だが一方で、ジャミール王に反感を持つものたちからは『単身反旗を翻した希望の星』として期待を集めるようにもなった。

城内はゆるやかに二分しつつある。

それでもカルディエムはお構いなしに淡々と王の命令に従い続けていた。

取り巻きはそれを「左目を失ったことで牙を抜かれた」「ただの腰抜けだ」と指さして嗤う。人は己の見たいようにしか物事を見ないという典型だ。

油断は小さな綻びを生む。

それはいつしか大きな穴となり、取り返しのつかない事態へとつながっていく。

実際問題、城内は混乱していた。

またも巻き起こった後宮でのいざこざとアドレア軍の監視強化によってジャミールは終始イライラし、周囲に当たり散らしていたし、そんな時に密輸船による港の大火災などもあって、とても神官ひとりに構っている余裕などなかったようだ。

王の右腕であるハッサムは尻拭いに奔走していてほとんど姿を見かけなかった。

取り巻き連中は面倒事が起こった途端蜘蛛《くも》の子を散らしたようにいなくなり、ほとぼりが冷めた頃にまた現れてと流動的で、とても腰を据えてカルディエムを監視しようというものはいなかった。

おかげで、計画を進めやすかったとも言える。

離れに集った仲間たちを見回しながら、カルディエムが咳払《せきばら》いをした。

テーブルを囲むのはシド、スワイド、エルーガにエマ、それにマハムとカルディエム、そしてユリアスの七人だ。

人種も違えば役職も違う。年齢や性別だってバラバラだ。それでも、暴君の支配に耐え続けてきたという過去を共有している。

一同を前に、カルディエムが厳かに口を開いた。

「ルクシュがゲルヘム軍の侵略を受けたのは、私が十二歳の時でした。力によって土地を奪われ、文化を奪われ、愛するものたちと引き離されて……弟は隣国ローゼンリヒトに亡命したきり今どうしているかもわかりません。周辺国に戦いをしかけてはその代償を民に負わせ、圧政を強いる王のせいでこの国はおかしくなりかけている。私は時々わからなくなるのです。王の神官として仕えることは、神に背く行為なのではないかと」

「カルディエム様」

シドが目を瞠る。

「王のために祈りを捧げ、王を崇める言葉を伝えて生きてきました。けれど本当は、誰もが虐げられることなく生きられる世界の実現こそ、神に祈るべきではないかと。そのためにこの身を捧げるべきではないのかと」

カルディエムは一度言葉を切ると、あらためてひとりひとりをじっと見つめた。

「そんな世界が取り戻せたら、スワイドやマハム、エマや私はルクシュの民として、シドやエルーガはラクサの民として生きることができます。奪われたものを元に戻すことはできなくても、やり直すことならできる。もちろんユリアス、あなたも」

「ぼくも？」

「奴隷としてではなく、ひとりの人間として生きられる。目に見えない鎖を断ち切ることができるはず。そうすれば、本当の意味であなたを守ることができます。二度とあなたを伽の呼び出しに怯えさせたくない」

きっぱりと言われて驚いた。

――奴隷じゃない、ぼく……？

自分になんて許されるんだろうか。そんな存在になれるんだろうか。

戸惑いながらも緑青色の目を見返すと、カルディエムは力強く頷いてくれた。熱の籠もった眼差しにこのまま吸いこまれてしまいそうだ。

「手痛い失敗を経験して、私は心を入れ替えることを誓いました。この国のために身を粉にして働くと。それはつまり、私たちの国を取り戻すということ」

「……！　カルディエム様、まさかっ……」

「あれは王に絶対服従を誓ったものではなかったのですか」

スワイドやエルーガが驚きのあまり席を立った。

「二度と同じ過ちはくり返さないと」

「そう。虚々実々に守りを固め、偽りの情報で翻弄し、相手が崩れかけたところを一気に突くのです」

「それは……」

シドが息を呑む。

誰もが顔を見合わせ、そして同じ言葉に辿り着く。

「――革命を」

カルディエムの宣言に、皆が弾かれるようにして「わっ！」と声を上げた。

「私ひとりではとてもできない。皆の力を貸していただけますか」

「もちろんです。よろこんで、何なりとご命令を」

真っ先にシドが最敬礼を捧げる。

「カルディエム様は俺たちの『希望の星』です」

「ジャミール王に逆らうなんて前代未聞の一大事だ。カルディエム様、今度こそ。今度こそですよ。本懐を遂げてやりましょうぜ」

「この間も村人たちはよろこんで協力してくれましたし、アドレアだって」

「そう。俺たちはひとりじゃない」

「カルディエム様。次は俺もお役に立ちます」

スワイドにエルーガ、マハムも我先にと口角泡を飛ばす。

それを見ながらエマもうれしそうに目を細めた。

「そんならあたしは侍女たちをまとめましょうか。腹が減っては戦はできぬって言うものね。それから侍従長に頼んで、いざ革命がはじまったら王侯貴族が逃げ出さないように部屋に鍵かけてもらいましょ。邪魔されるのも腹が立つけど、味方を連れて戻ってこられても嫌だしね」

「エマさん、すげぇ……」

目を丸くするエルーガにエマが得意げに笑う。

やはり人生経験がものを言う。場数を踏んだ人は違うのだ。

　そんな面々を心強そうに見回し、カルディエムは「ならば」とテーブルの上に紙を広げた。

「これは……？」

「これから私たちがやるべきことを整理しました。ふたつの方針を掲げています」

　ひとつは、自分たちの味方を作ること。

　もうひとつは、周辺国との国交の糸口を探ることとある。

　カルディエムはひとつ目を指しながらスワイドとエルーガの顔を交互に見た。

「おふたりの力を借りたいことがあります。城内の協力者や村の方々との間に秘密裏に情報網を築いてください。どんな些細《ささい》なことでもすぐ耳に入れられるように。王やその取り巻きたちの動きを監視し、異変の兆候があれば知らせてください」

「俺たちの得意分野！　お安いご用です」

　スワイドたちが揃って頭を下げる。

「エマ。あなたにもお願いです。侍女の方々は王や取り巻きたちのプライベートにも立ち入って仕事をされています。彼らの行動や発言で気になることがあれば、いつでも一報を」

「お任せくださいな。そういうことなら凄腕《すごうで》がたくさんいますからね」

　にこやかに笑うエマに頷くと、カルディエムは今度はシドとマハムに目を向けた。

「あなた方にはふたつ目を手伝ってほしいと思っています」

「はい。ですが……」

　ふたりは『国交』の文字に困ったような顔になる。無理もない。ゲルヘムは自ら国交を断絶している。

　アドレアに大敗してからというもの、三国同盟に監視される立場となったゲルヘムは、その腹癒せとして当該国を含むほぼすべての国との国交を一方的に拒むようになった。そのせいで密輸が横行し、生活必需品ですら法外な値段で取り引きされることがもはや日常茶飯事だ。

　他を寄せつけない姿勢を貫いてきたゲルヘムが、どのようにして周辺国と国交を回復できるだろう。それも、国家運営の主権を握る王としてではなく、ただの一国民に過ぎない自分たちが。

「考えていることはわかりますよ。正攻法では到底うまくいかないだろうということも」

「ならば、どんなお考えが……」

「三国同盟に嘆願書を送ります」

「……！」

　思いがけない言葉に一同は揃って息を呑んだ。

「まさか、そんな……敵ではありませんか」

「敵？　本当に？」

「カルディエム様」

　目を見開くシドに、カルディエムは続ける。

「思い返してみてください。なぜ我々は監視されることになったのか。ゲルヘム軍が一方的に戦いをしかけたからです。アドレアも、ローゼンリヒトも、一度たりとも我々を敵視したことはありません」

「それは、そうかもしれませんが……」

「戦後の処理においても二国は無茶な要求をしてきませんでした。イシュテヴァルダとは戦争の過去もありません。三国はゲルヘムを押さえつけたいのではなく、健全なる共生を望んでいるのだと私は解釈しています」

　きっぱりと告げると、カルディエムは今度はマハムに声をかけた。

「あなたは私のために何度もアドレアの塔に行ってくれたそうですね。交渉に応じた駐留兵を見てどう思いましたか」

「それが…、不思議なぐらい紳士的だったんでさ。言ってることは理路整然としてるし、話も早いし、俺にまで敬意を払ってくれて……。まぁ、ゲルヘムの中に駐留してるって立場的なものもあるんだとは思いますがね。ただ、逆の立場だったらとても同じことができたとは思えません」

「それだけアドレアという国は人道支援に積極的なのでしょう。私はそれに賭けてみたい」

　カルディエムの眼差しが熱を帯びる。

「独裁に苦しむ日々を終わりにしたい、そのために力を貸してほしいと嘆願するのです。この国が生まれ変わろうとしていることがわかれば、アドレアはきっと耳を傾けてくださるはず」

　彼は一度言葉を切り、「それから、もうひとつ」と続けた。

「隣国サン・シットと手を結びたいと思っています」

「な……」

　すかさずシドが身を乗り出す。

「サン・シットは長らく中立を貫いてきた国。どこか一国と結びつくことなどあるでしょうか」

「同盟を締結するようなことは求めてはいません。有事の際に、あくまで公平な立場を保ったまま我々に力を貸していただく可能性を探りたいのです」

「お考えはわかります。ですが……」

「我々の動きを察したゲルヘム軍が、中立なのをいいことにサン・シットを巻きこんで争いを広げるようなことになれば、それこそ望まぬ犠牲を生んでしまう。それだけは絶対に避けなければなりません。サン・シットには、中立国として平和であってほしいのです。そのための話し合いです」

「カルディエム様……」

　シドはマハムと顔を見合わせ、もう一度カルディエムに視線を戻した。難しいこととわかっていても、やるしかないと腹を括った表情だ。

「具体的な方法について私と一緒に考えていただけますか、シド。そして内容がまとまったらマハム、あなたに隣国へ書状を届けていただきたいのです」

「畏まりました」

ふたりが揃って頭を下げる。

固唾を呑んでやり取りを見守っていたユリアスは、思いきって「あの…」と声を上げた。

「ぼくにもお手伝いできることはないでしょうか。少しでも、皆さんのお役に立ちたいんです」

「ユリアス」

カルディエムが驚いたようにふり返り、それからふっと表情をゆるめる。

「ありがとう。では、あなたには細々としたケアをお願いしましょう」

「ケア、ですか？」

「ご覧のとおり、私はこれから忙しくなる。自分のこともままならなくなるでしょう。あなたは医師から傷の消毒の仕方を習ってくれた。眼帯の取り替え方もわかっている。離れを整えることも、植物に水を遣ることも、あなたになら任せられる。あなたがいてくださると心強いです。お願いできますか」

「はい、もちろん。……でも、それだけでいいんでしょうか。もっとたくさんお任せくださっても」

「いいえ、もう充分。あなたが近くにいてくださるだけで」

やさしく微笑まれ、胸の奥がトクンと鳴った。

恋愛感情ではないとわかっていても、彼の口からそう言ってもらえたことがうれしい。傍にいることを許してもらえて、関わることを許してもらえて、これ以上ないほどしあわせだ。

ユリアスは大きく深呼吸をすると、カルディエムに向かって頭を下げた。

「精いっぱいやらせていただきます」

「ありがとう。皆も、どうか頼みます」

仲間たちは互いに顔を見合わせ、強い決意とともに頷き合う。

運命の歯車が、静かに回りはじめた。

アドレアの使者がやってきたのは、それから一月《ひとつき》後のことだった。

駐留軍からマハムを介してカルディエムのもとへ案内されてきたその人は、軽やかな足取りで部屋を横切ると、こちらに向かって丁寧に一礼した。

「はじめてお目にかかります。アドレア王の勅命を受けて極秘裏に参りました。テオドル・フォン・ラインヘルツと申します」

やわらかな物腰に人柄の良さが滲み出ている。

『アドレアの食料庫』と呼ばれる西の大地を治める王子だそうで、上に立つものの威厳を備え、それでいて気さくでやわらかな雰囲気を纏っていた。

「ご足労をおかけして申し訳ございません。神官のカルディエムと申します。こちらにおりますのは、同じく神官のシドと、私の手伝いのユリアスです」

シドに続き、ユリアスもテオドルと握手を交わす。

カルディエムから「アドレアとの話し合いに同席してほしい」と言われ、分不相応とは思いながらも末席に控えることになった次第だ。

四人で小さなテーブルにつく。

最初に口を開いたのはカルディエムだった。

「不躾《ぶしつけ》なことをお伺いするのですが……ゲルヘムの港は今、ほとんどが封鎖されています。アドレアの駐留軍でさえ本国とは頻繁に行き来できないと聞きましたが、テオドル様はどうやってここへ？」

「ふふふ。飛んできたんですよ。獣人ですので」

「えっ」

思わず声を上げてしまい、ユリアスは慌てて両手で口を塞ぐ。

テオドルは楽しそうに微笑んだ。

「獣属性はハヤブサです。せっかくですし、獣化をお見せしましょうか」

そう言うなり、驚くユリアスたちの目の前で彼は体長約四十センチの猛禽《もうきん》に姿を変えてみせた。

「す、すごい……！」

どこから見ても本物のハヤブサだ。これなら広い海も悠々と越えることができるだろう。

獣化を解いたテオドルとあらためて卓を囲む。

席についた彼は先ほどまでの和やかさとは打って変わって、真剣な顔で話しはじめた。

「本日伺ったのは、いただいた嘆願書のことです。アドレアでは、駐留軍からの定期報告を王と領主たちで共有しています。武器弾薬の流通や人身売買を含む密輸の状況に加え、国内の情勢や国外への亡命状況、さらには城の中で起きていることまで……」

どんな些細な変化であっても洩らさず報告することが義務づけられているそうで、玉石混淆《ぎょくせきこんこう》の情報のうち大きな出来事や懸念事項を三国同盟の相手国であるローゼンリヒト、イシュテヴァルダと共有しているという。

「神官が王に罰せられて重傷を負い、治療に当たるために村医師が塔に数日滞在したことや、さらには神官のもとに『エトランゼ』と呼ばれる奴隷がいることも伝わっています」

「そこまで詳細にご存知なのですね」

「どうかお気を悪くなさらないでください。貴国の状況を正確に把握することが、三国同盟を牽引《けんいん》するアドレアの役目なのです」

そのような報告を日々伝え聞き、ゲルヘム国内の動きを注視していた矢先に届いたのが嘆願書だったとテオドルは続ける。

「亡命者が後を絶たない状況は我々も憂慮していたところです。サン・シットからこれ以上の受け入れが難しい旨の表明が出され、ローゼンリヒトがその役目を継いでいますが、それも今後どうなるか……。そんな時に『王の独裁をやめさせるために力を貸してほしい』との嘆願を受け、国王ジークフリートが我々領主を集めたのです」

　アドレアでは、王と領主の総意によって国の意思決定がなされている。話し合った彼らは手を差し伸べる方針を固め、隣国ローゼンリヒトにその相談を持ちかけた。

「同盟国としての対応を話し合うためです。……が、そこで意外なことが判《わか》りました」

　ローゼンリヒトから、思いもしない反応が返ってきたのだという。

「ユリアスさんの出自に関して」

「…………え？　ぼ、ぼくのですか？」

　思いがけない話に反応が遅れた。

「あの…、話の腰を折ってしまって申し訳ないのですが、何かの間違いではないでしょうか。ぼくには父も母もいませんし、知り合いと呼べるような人もいないんです。遠い国から連れてこられたのは覚えていますが、それが何という国だったかすら……」

「驚かせてしまってすみません。急にこんなことを言われたら戸惑いますよね。ゆっくり順を追って話しますので落ち着いて聞いていただけますか。……と言っても、もっと驚かせてしまうことになるとは思うのですが……」

　テオドルは一度言葉を切り、気持ちを落ち着けるように深呼吸をすると、再び口を開いた。

「駐留兵は、塔に滞在した医師からユリアスさんのことを詳細に聞き出していました。『エトランゼ』と呼ばれる特徴的な外見や年齢、性別、そしてバザールで買われたこと――ゲルヘムには奴隷船で連れてこられたそうですね。あなたを売った奴隷商とも接触することができました。それらの情報を伝えたところ、ローゼンリヒトに亡命していた龍人たちから大変なことを打ち明けられたのです」

「大変なこと……？」

「ユリアスさんが、ゲルヘム王の落胤《らくいん》ではないかと」

「なっ……」

　その場の全員が絶句する。ユリアスだけでなく、カルディエムやシドも目を瞠った。

　――ジャミール様の息子？　ぼくが……？

　あまりの衝撃に声も出ない。

「どういうことか、詳しくお伺いできますか」

　一足早く冷静さを取り戻したカルディエムの求めに頷くと、テオドルは静かに語りはじめた。

「ここから船で南に何日も行ったところに、サン・ガルディーニャという人の王が治める国があります。そこでは『ノースブルー』と呼ばれる希少な宝石が採れたことから国は莫大な富を築き、今では『南の楽園』とも呼ばれています」

　そこに昔、アハムタという姫君がいた。

　父王は、透き通るような白い肌や銀の髪を持って生まれた色素の薄い娘を心配しながらも、かわいがって大切に育てた。サン・ガルディーニャの人々は南国らしい小麦色の肌に黒い髪、そして赤銅や橙色など赤い目をしているものが多いのだそうだ。その中にあって、アハムタの肌は嫌でも人目を引いた。

　けれど彼女はそれを気にするどころか、王の愛情のおかげで健やかに育ち、やがて強い愛国心の持ち主となった。最初は自分たちと異なる外見に戦《おのの》いていたサン・ガルディーニャの人々も、まっすぐなアハムタを誇らしく思い、将来彼女が女王として即位してくれることを心の支えにするようになった。

　だが、アハムタが十六歳になったある日、サン・ガルディーニャを不幸が襲った。

　ノースブルーの話を聞きつけたゲルヘム軍が宝を奪おうとやってきたのだ。島に上陸するや否や城に奇襲をかけ、さらに進軍する先々で破壊と略奪の限りを尽くしたせいで、たちまち美しい島は滅茶苦茶になった。

愛するサン・ガルディーニャが蹂躙《じゅうりん》されるのを見かねたアハムタは、自らが人身御供《ひとみごくう》になることと引き換えにゲルヘム軍を追い払った。それがジャミールの要求だったからだ。国王も王妃も臣下も民も、皆が死に物狂いでアハムタを止めたが、彼女は国のために自らが犠牲になることを望んだ。

そうして、サン・ガルディーニャを襲った嵐は去った。

残ったのは焦土と化した大地と、空っぽになった蔵と、ジャミールの子を身籠もったアハムタだった。精神的に追い詰められた彼女は出産とともに亡くなり、愛娘《まなむすめ》を犠牲にしたことへの罪悪感で国王夫妻も心を病んだ。結果、この話はサン・ガルディーニャで禁忌中の禁忌となった。

「そんな……」

人ひとりの命、大勢の心、そして国そのものを破壊したと言っても過言ではない。亡くなったアハムタ王女は享年十七歳だったそうだ。

——今のぼくと同じ歳……。

そう思うとますます胸が詰まる。

「いくら大切な娘が産んだ子とはいえ、相手は暴虐の限りを尽くした侵略王です。生まれた子に王位を授けてしまえば、自らの命と引き換えに国を守った王女の死が無駄になってしまう。王はその子を庶子として育てよとお命じになり、臣下に託したと聞きましたが、すぐに行方はわからなくなり……」

娘の生き写しだったとしても、いや、だからこそ王は孫を見るのが辛かったのだろう。自分のせいで娘を失ってしまったと嫌でも思い出すことになる。それゆえに、どこで誰に育てさせるか訊ねることはなかったそうだ。

「その子は男の子でした。生きていれば十七歳ということになります。なにより大きな手がかりはその外見——母親によく似た白い肌、銀の髪、そして柘榴色の目をしていた、と」

「……それ……」

まさしくエトランゼだ。自分のことだ。

彼の説明が正しければ、自分の父親はジャミール、母親は今は亡きアハムタということになる。

「つまり、ユリアスは二国の血を引く子だと？」

やっとのことで衝撃を受け止めたカルディエムに、テオドルはゆっくりと頷いた。

気づけば天涯孤独だったユリアスにとって、両親といえば「どんな人だろう？」と想像することしかできなかった。生きているなら会ってみたい、亡くなっているなら墓前でいろんなことを聞かせたいと願ってきた。それがまさか、こんな事実に突き当たるなんて。

人身御供となってジャミールに組み敷かれた時、アハムタはどんな気持ちだったろう。どんなに怖く、そして悔しかったことだろう。彼女の心を踏み躙り、乱暴を働き、間接的に死に至らしめたジャミールを心の底から憎いと思った。

それと同時に、自分が母親似だとわかってうれしかった。自分の中に母が生き続けているように思えたからだ。これまでは蔑まれるばかりだったけれど、エトランゼで良かったとはじめて思った。

「この件に関して、もうひとつお伝えすることがございます。カルディエム様。この情報は、あなたの弟君やそのご友人から寄せられたものです」

「弟？　もしや、ヤトゥから……？」

カルディエムが焦ったように席を立つ。

彼には、命からがらローゼンリヒトに亡命したきりの弟がいると聞いたことがあった。

「どうしているかと案じていたのです。生きていてくれさえすればと。そうでしたか、ヤトゥが……」

カルディエムは深い安堵のため息とともに椅子に座り直す。

「ローゼンリヒト王太子の教育係として無事に暮らしているそうですよ。兄であるカルディエム様に、どうかご心配なくと。国に残してきたあなたのことを憂慮されていると聞きました」

「あの子らしい……。ルクシュでも子供らを教える仕事をしていたのです。それがまさか、王太子様にお仕えすることになるとは」

「そのおかげでこの件が発覚したようなものです」

　アドレアから相談を受けたローゼンリヒトでは、ゲルヘムの関係者として城内の龍人たちにこの話をしたのだそうだ。そこからあれよあれよと情報が集まり、テオドルの派遣へとつながったらしい。

「城にはヤトゥさんだけでなく、一緒に亡命した龍人の方が他にふたりいるとか。その片方、マヌーンという男性がサン・ガルディーニャの血を引いていたことが決定打でした」

「マヌーンが！」

「ご存知ですか」

「ヤトゥの親友でしたからね。彼もまた、軍の迫害を受けたひとりでした」

　ルクシュの語り部だった彼は、龍人には珍しく、サン・ガルディーニャ人の母から受け継いだオレンジ色の目をしていたという。

「マヌーンは幼い頃、母親から『禁忌』の話を聞いたことがあったそうです。遠い異国に嫁いだ後に母国の悲劇を知った彼女は、誰かに話さずにはいられなかったのでしょうね。自分と同じオレンジの目をした息子に、『誰かに言ってはダメよ』と念を押した上でそっと話してくれたのだと」

　マヌーンは母親との約束を守り、決して口外しなかった。代わりにジャミールへの嫌悪を強め、語り部としての務めによりいっそう励んだのだそうだ。

　テオドルの言葉を噛み締めるようにカルディエムが頷く。懐かしい顔を思い浮かべているのか、時々遠くを見るように右目を細めた。

「マヌーンがオレンジ色の瞳を誇りにしていたのは、そんな過去があったからなのですね。彼は嘘をつくような男ではありません。私はマヌーンの言葉を信じます」

　カルディエムが強い眼差しを向けてくる。

　彼はテオドルに視線を戻し、深々と一礼した。

「貴重な情報をお寄せいただきましたこと、心より感謝申し上げます。アドレア王、そしてローゼンリヒト王にもどうかくれぐれもよろしくお伝えください。私はこれより情報の確定に動きます。……シド。手伝ってくれますか」

「畏まりました。スワイドですね」

　すぐさまシドが立ち上がる。その顔には、何を成すべきかわかっていると書いてあるようだ。

　カルディエムは驚きに一瞬動きを止め、それから微笑んでみせた。

「ありがとう。話が早くて助かります。念のため、マヌーンの御母堂様に確認しましょう。ルクシュの民に顔が利くスワイドを派遣してください。アドレアとローゼンリヒトから直接いただいた情報であると、私の名を出して確かめるよう伝えてください」

「承知いたしました。では、すぐに」

　シドが急いで部屋を出ていく。

　それを見送って、カルディエムは再びテオドルに向き直った。

「引き続き情報連携させていただけるとありがたいのですが、その場合は、駐留兵の方にお伝えすればよろしいでしょうか」

「あ……いや、普段はそうしていただくべきですが、今は状況が大きく動きそうですし、何だかんだで僕が飛んでくるのが一番早そうだし……」

　考えこむように腕組みをしたテオドルだったが、やがて意を決したように「よし」と頷いた。

「やはり飛んでくることにしましょう。僕が定期的にお伺いします」

「よろしいのですか」

「戻ったらすぐに事後承諾を取ります。その代わり、僕が番に怒られそうになったら庇ってくださいね。『まったく、あなたはいつもいつも……』って顔を顰められそうだ。心配性な人なんです」

戯《おど》ける彼に、カルディエムは「お任せください」と笑顔で請け負う。顔を見合わせてくすりと笑うと、テオドルは椅子を立った。

「それでは、五日に一度……いや、二日に一度がいいかな。伺うようにします。もし、それより早く何か起こりそうでしたら砦の兵士にお伝えください。急を知らせる狼煙《のろし》を上げさせますから」

「承知いたしました。心強いお言葉、重ねて感謝を申し上げます」

テオドルは再びハヤブサに姿を変えると、開け放たれた窓から悠々と大空へ舞い上がっていった。

それをカルディエムと並んで見送りながら、ユリアスは己の出自に複雑な思いを噛み締める。

――お父さんとお母さんがいたなんて……。

長い間、自分は天涯孤独だと思っていた。

それがまさか、このタイミングで両親が判明するとは。さらには、あの忌まわしいジャミールが父親だったなんて。信じたくない悪夢だった。

その上、二国の王族の血を引いているという。

今のユリアスには確かめる術もないけれど、情報確定に動いているスワイドが果たしてどんな結果を持って戻るか、それを思うだけで心が乱れた。

自分はどうなってしまうのだろう。

テオドルの語ったとおりになるだろうか。

それとも、すべて偽りと明かされるだろうか。

落ち着かない気持ちを抱えたまま、ユリアスは高い空を仰ぐのだった。

　城内を慌ただしく人が行き交う。

　苛立ちを隠そうともしない大臣や補佐官たちに商人らが追い縋っているのを、この頃城内のあちこちで見かけるようになった。

「お待ちください、補佐官様」

「後生でございます。船を取り上げられたら我々はこの先暮らしていけません」

「ええい、黙れ黙れ。もとはと言えば、おまえらの密輸船が粗悪な薬物を持ちこんだせいではないか」

「粗悪品とはおっしゃいますが、金額に応じて質が変わるのは何も薬に限った話ではございません」

「屁理屈《へりくつ》を捏《こ》ねるな。そのせいでバザールが騒ぎになっているのを知らないとは言わせんぞ」

　聞き齧ったところによると、質の悪い乾燥薬物を客に使われた娼館の性奴たちが相次いで亡くなったらしい。それどころか、粗悪品を乱用した男たちが街のあちこちで暴徒と化しているのだそうだ。

　さすがのジャミール王も騒ぎを無視できなかったようで対応に追われている。さらには、その一部を後宮に持ちこんで悪事を働こうとした取り巻きがいたらしく、捕らえられ厳罰に処されたと聞いた。

　なおも縋りつく商人を足蹴にして、補佐官たちが遠ざかっていく。

　残された商人はその場で泣き崩れるかと思いきや、くるりと回れ右し、近くにいた侍従たちにこっそり薬を勧めはじめた。商魂逞《たくま》しい、もとい、骨の髄まで腐敗している。ここが王の住む城であることなど彼らにはどうでもいいのだろう。

　バザールだけが悪の巣窟ではないのだとつくづく思う。それほどにこの国は混沌に満ちているのだ。

　柱の陰で成り行きを見ていたユリアスは、ため息をつきながら踵を返した。

国はお世辞にも治安が良いとは言えないが、水面下で準備を進めている自分たちにはありがたい。

あれ以来、橋渡し役を買って出てくれたテオドルとは濃密なやり取りが続いていた。

向こうからはアドレアやローゼンリヒトの状況を、こちらからはゲルヘム城内の動きを、それぞれ交換させてもらっている。アドレア側はゲルヘム軍への対抗策として、なんと援軍まで申し出てくれた。それをどうやって極秘裏にゲルヘム城まで進軍させるか、今も白熱した議論が続いている。

平行して、スワイドの調査も継続中だ。

証言者となるマヌーンの母親が離れたところに住んでいるため、確認に時間がかかっているのだろう。結果を知るのが怖いような、けれど知らずにはいられないような、複雑な気持ちだ。

その他、内偵を任されたエマやエルーガからも報告が上がりつつあった。取り巻きの男が後宮に薬物を持ちこんだという話も彼らから聞いたものだ。

そんなこともあったせいか、最近では取り巻き連中の間で仲間割れまで起こっているらしい。おかげで彼らのまとめ役であるハッサムが終始イライラしているとのことだった。

ゲルヘムの屋台骨が揺らぎはじめたと考えるのは早計だろうか。小さな綻びひとつひとつが革命の成功につながる気がして、気持ちが逸《はや》りそうになる。

そんな自分を抑えながらユリアスは離れのドアの前に立った。左右に目を走らせ、周囲に誰もいないことを確認してから扉を叩く。

すぐにカルディエムが出迎えてくれた。

「こんばんは、ユリアス。こんな夜にお呼び立てしてすみません」

「いいえ、ぼくなら大丈夫です。それよりも何か、気になるようなことが……？」

目で促されて部屋に入る。

　カルディエムは注意深く外を見回し、素早く扉に鍵をかけると、ユリアスをふり返った。

「あなたに確認したいことがあるのです。スワイドの調査と平行して、あなたが龍人かどうかを」

「え？」

　思わず目が丸くなる。

「龍人…、ですか？　ぼくが？」

「もし本当にジャミール王の血を引いているなら、龍人であってもおかしくはないでしょう？」

「それはそうですが、でもぼく、龍人らしいところなんて全然……」

　肌も白いし、髪も黒くない。目は柘榴色だし、耳も尖っていないのだ。

「マヌーンの目も黒ではありませんでしたよ。……これは私の想像ですが、サン・ガルディーニャ人の見た目は他の種族より強く子に現れるのでしょう」

　もしもそうだとするなら、自分は隠れ龍人ということになる。

「そんなことがあるんでしょうか」

「私にもわかりません。だから確かめたいのです。獣化という手段によって」

「でも、どうやって……」

　なにせやり方からしてわからない。

　龍人の子は親兄弟がやるのを見て真似をするうちにできるようになるらしく、カルディエムも言葉で説明するのは難しいようだ。

「こんな時〈龍の鱗〉があれば、本能を呼び覚ますことができたかもしれないですが……」

だが、それは壊されてしまってこの世にない。

「ごめんなさい」

「そんな顔をしないで。あなたを責めているわけではありませんよ。別の手を試してみましょう」

　少し下がっていてくださいねと言い置いて、カルディエムが目を閉じる。

彼の姿がふっと空気に揺らいだかと思うと、次の瞬間、見たこともないものが現れた。黒い龍だ。

「……！」

蛇を思わせる細長い身体は五、六メートルはあるだろうか。全身は硬く黒い鱗で覆われ、その背には同じく黒い鬣《たてがみ》が靡《なび》いている。鰐《ワニ》のような頭部からは長い髭《ひげ》が伸び、頭には幾重にも枝分かれした立派な角が生えていた。

カルディエムが獣化したのだ。

彼は、自らの姿を記憶に刻ませるようにまっすぐこちらを見つめたかと思うと、自らの鱗を一枚咥え、力任せにそれを剝がした。

「……！　カルディエム様、何を……！」

自ら鱗を剝ぐなんて、皮膚を毟《むし》るようなものだ。痛くないわけがない。

カルディエムは再び人型に戻ると、黒い鱗をユリアスに向かって差し出してきた。

「これをどうぞ。少しはお役に立てるかと」

「そんな…、だって、肩から血が……」

「心配しないで。私の身体が丈夫なことはあなたも知っているでしょう？　さぁ、目を閉じて」

動揺しながらも、言われたとおり目を閉じる。

大きな手が励ますようにそっと背中に添えられた。

「あなたに龍人の血が流れているのなら、私の鱗に反応してくれるはず」

〈龍の鱗〉の力を身体に宿す時と同じように、額に鱗を押し当てられる。

その瞬間、ドクン、と心臓が跳ねた。

「あ…、あっ……」

――なに…、これ……！

それが合図だったかのように、触れたところから怒濤《どとう》の勢いで熱いものが流れこんでくる。あまりの衝撃に目も開けていられない。ユリアスはぎゅっと目を瞑り、全身を覆う熱波に必死に耐えた。

――熱い…、熱い……助けて……！

轟々《ごうごう》と音を立てて炎に焼かれているようだ。

だがそれもしばらくすると、身体の奥から何かを引き摺り出されるような未知の感覚に変わっていく。腸《はらわた》を抉られるような気持ち悪さがある一方で、長い間封じていた扉が開き、新しい自分に生まれ変わるような開放感に包まれた。

身体中の細胞が造り替えられていく。

いや、ようやく本来の形を取り戻すのだ。

激しい熱に身を任せたまま、どれくらいそうしていただろう。

「……ユリアス、あなたは……」

呆然とした声にそろそろと目を開く。

美しい緑青の瞳に映る自分は、まるで見たことのない姿をしていた。

「！」

獣化したのだ。

額からは鹿のような角が生え、腕も鉤《かぎ》爪のついた前肢に変わっている。長い身体をくねらせてみると尻尾に向かってゆらゆらと揺れた。

――すごい！　本当に獣化したんだ！

首を擡《もた》げたり、髭を触ったりと龍の姿を確かめるユリアスとは正反対に、カルディエムは目を瞠ったまま微動だにしない。自分が隠れ龍人だったことがそんなに意外だったのかと不思議に思っていると、彼は胸を押さえながら長い感嘆のため息をついた。

「なんということでしょう。あなたがまさか、あの〈七色の龍〉だったなんて……」

「……、……？」

話しかけたつもりだったのに、なぜか声が出ない。この姿では人間のように話すことができないのかもしれない。

「大丈夫。あなたの言いたいことは伝わりますよ」

――本当に？　聞こえてますか？

「ええ。龍人同士ですからね」

良かった。それなら獣化しても安心だ。

カルディエムがあらためてしげしげとユリアスを見つめる。まずは鱗を、それから目を、そして角、髭、鬣とひとつひとつ見入っては、そのたびに感慨深そうにため息をついた。憧れの存在と言っていたから、実際こうして目の前にすると感慨深いものがあるのだろう。

落ち着いてみれば、確かに彼とはずいぶん違う。カルディエムは全身を真っ黒な鱗に覆われていたが、自分は文字どおり七色の龍だ。

全身は淡いピンクやクリーム、薄紫色などの七色に光る鱗に覆われ、まるで絹織物のようにきらきらと煌《きら》めいている。

ひとつひとつの鱗の縁には髪と同じ銀色の模様があり、それらが波打つようにつながりながら長い尾へと続いていた。

「生きているうちにこの目で見られるなんて……」

カルディエムがそっと鱗に触れる。

「銀の縁飾りのなんと美しいことでしょう。それにこの目も、人の時と同じ柘榴色。あなたの愛情深い心を表す、私の大好きな色です」

――カルディエム様……。

両手をそっと顔に添えられ、額を合わせるようにして顔をコツンとくっつけられて、くすぐったさとうれしさで胸がふるえた。

人の姿だったら恥ずかしくて真っ赤になっていただろうから、今が龍の姿で良かった。

しばらくして身体を離したカルディエムは、一歩後ろに下がってあらためてユリアスの全身を眺める。

「〈七色の龍〉が生まれるのは突然変異だと言われています。遺伝でもなければ、作為的に生み出すこともできない。あなたの場合は、異国の血が混じったことで奇跡が起きたのかもしれませんね」

――なんだか、まだあんまりピンと来ません。

「はじめて獣化したのですから」

――でも、ちょっと納得した部分もあるんです。

ぼくは、龍になってもエトランゼなんだなって。

「ユリアス？」

顔を覗きこまれ、慌ててふるふると首をふった。

――嫌とかじゃないです。ただ、なんだか不思議なものだなって。

『普通ではない』ことが人の姿では蔑まれ、龍の姿では尊ばれる。どちらも自分であることに変わりはないのに、価値観とはわからないものだ。

「自暴自棄になってはいけませんよ。私にとってはどちらのあなたもとても大切な存在です」

カルディエムがやさしく眉間を撫で上げてくれる。ひんやりと硬い鱗の手触りを楽しむように何度も何度も下から上へ撫でた後、彼は真剣な顔でこちらを見た。

「あなたがこれまで一度も獣化しなかったのは幸いでした。その姿を誰かに見られていたら、奴隷よりもっと酷い目に遭わされていたかもしれない」

――え？

「〈七色の龍〉はとても希少な存在です。崇められることもあれば、見世物にされることもある。時代によって扱いは様々です。万が一、ジャミールに見つかっていたら……」

息が止まる。その先は言われなくとも何となくわかった。

もしかしたら、亡き母アハムタが守ってくれたのかもしれない。サン・ガルディーニャの血によって龍人であることを隠し、獣化しないようにしてくれたのかもしれない。

――ぼくの勝手な思いこみだけど。

でも、そうだと信じたい。エトランゼとして生まれた意味がもうひとつできるから。

「怖がらせてしまいましたね」

カルディエムが申し訳なさそうに眉根を下げる。

「さて、ではそろそろ人に戻りましょう。最初からあまり長く獣化しては負担も大きいでしょうから」

鱗で頭をひと撫でされた途端、まるで魔法が解けるようにユリアスは元の姿に戻った。

手足を確かめながら立ち上がる。

カルディエムはそれを助けてくれながら「念のためですが」と言い含めた。

「あなたが〈七色の龍〉であることは当面の間伏せておきましょう。今は身の安全が最優先です。不安はできるだけ除いておいた方がいい」

「わかりました」

「そんなに不安そうな顔をしないで。大丈夫。私があなたを守ります」

ふっと目を細められ、こんな時だというのに胸が鳴った。

「ぼくは、カルディエム様を信じていますから」

「そう。その意気です」

微笑み合ったその時だ。

遠くからバタバタと足音が近づいてくる。急ぎの報《しら》せかもしれない。

ハッとしてふり返ると、忙《せわ》しないノックに続いてシドとスワイドが駆けこんできた。ふたりはカルディエムの前に進み出るなり揃って一礼する。

「お取り込み中に申し訳ございません。ユリアスの出生確認の件、マヌーンの実母に裏取りができましたので、取り急ぎご報告を」

「それで、結果は」

「情報確定でございます」

「…………」

驚きとともに、やはりという思いが入り交じる。エトランゼであることも、龍人であることも、そうでなければ説明することはできないのだから。

「シド、報告ありがとう。スワイドも遠いところをよくやってくれました」

「はっ」

　最敬礼で応えるふたりを労うと、カルディエムは厳かな顔でこちらに向き直った。

「あなたがジャミール王の御落胤であることが確定しました。……王の子よ」

　カルディエムは恭しく跪くなり、ユリアスの手を取ってその甲にくちづける。

「本来であれば、あなたはこの事実によっていかようにも立場を変えることができる。王に次ぐものとして権力をふるうことも、軍とは別の勢力を率いることも……。ですが、身の安全が保障されるまでは思い留まっていただきたいのです」

「も…、もちろんです。ぼくはただの奴隷ですよ。それよりも、ぼくはカルディエム様に早く立っていただきたくてしかたありません」

誰かに跪かれるなんて落ち着かないったらない。

　素直に言うと、カルディエムは「あなたという人は……」と苦笑しながら立ち上がってくれた。

　同じように、彼の後ろで膝をついていたシドとスワイドも元に戻る。

「カルディエム様。このことは内密になさいますか」

「そのつもりです。あなた方も協力してください。下手に情報が洩れて、ユリアスを利用されるようなことがあってはなりません」

「ということは、本当は王子様だけど身分は奴隷のままってことですかね？」

　スワイドが首を傾げた。

　ユリアスとしてはぜひそのままにさせてほしい。落胤とわかってもなお、ジャミールを「父上」とは呼びたくない。

　そんな気持ちは知らぬ間に表情に出ていたのか、カルディエムはこちらを見てから頷いた。

「今はまだ、我々だけの秘密にしておきましょう。揃えるカードは多ければ多いほど、いざという時に役に立ちます」

「わかりました。すべてこれまでどおりに」

シドの目配せにスワイドが頷く。

ユリアスはカルディエムを見上げ、その右目が見つめているであろう景色に思いを馳《は》せた。

遠くない未来、何が起こるのだろう。

自分たちはどうなっていくのだろう。

様々な思惑を乗せて運命の歯車が回っていく。

落ち着かない気持ちを抱えたまま、ユリアスはいつまでも緑青の瞳を見上げ続けた。

*

奇跡の存在〈七色の龍〉、暴君王の落胤――。

それからというもの、衝撃の事実が頭から離れなくなった。

自分があの憎きジャミールの血を引いているとはいまだに信じたくはないが、そのおかげではじめて獣化することができた。それも、〈七色の龍〉に。

「そうだ。これ……」

ユリアスは首にかけていたものを貫頭衣の中から引っ張り出す。もしもの時のためにカルディエムが持たせてくれた彼の鱗だ。艶やかに黒光りする鱗を眺めていると、彼が傍にいてくれるような気がして安心した。

カルディエムは、〈七色の龍〉には大きな力があると言っていた。

水を自由自在に操ることだけでなく、あの広大な海を凍らせることも、干上がらせることも、相手の身体の水分さえ操作することができるという。いったいどんな訓練を積んだらそんなことが可能になるのだろう。

「そもそも泳いだこともないのに……」

自分が海に入ったとしても、みっともなく溺れて助けてもらう未来が見える。それとも、そんな時こそ活躍する力なのだろうか。

「まさか」

ユリアスは渋い顔で首をふった。

〈七色の龍〉の力はそんなことに使うものではないはずだ。詳しいことはよくわからないけれど。

「そういえば、力ってどうやって使うんだろう……。獣化ならカルディエム様の鱗があればできるようになったけど、〈七色の龍〉の力を発動させるのはまた別の話なんだろうな」

もしそうだとするなら、歴代の龍たちはどうやってそれを体得したのだろう。こんな時、教えを請う手段があればいいのに。

「そうだ！」

いいことを思いついた。

自分はもう文字を読むことができる。何かしらの書物があれば、そこから情報を得ることができるかもしれない。

ユリアスはいつものとおり植物の世話を終えると、カルディエムの書棚を探しはじめた。読書の楽しみを知った教え子のために、ここにいる間は自由に見ていいと解放してくれているのだ。

気になった本を片っ端から取り出しては書見台に運び、開いては捲《めく》ることをくり返す。それぞれ一抱えもある革製本なのでとても重たく、苦労したが、そんなこと気にならないほど気持ちが逸った。

「なないろのりゅう……なないろの、りゅう……」

文章を指で辿るものの、なかなか目的の記述には行き着かない。辞典を捲ればすぐ見つかるだろうと思っていたのに。

そこで今度は、古くから伝わる伝記や伝承の本に手を伸ばした。それでも見当たらないようなので、次は物語の類いにも当たってみる。

それでも、〈七色の龍〉に関するものは何も見つからなかった。該当する本自体がここにはないのかもしれない。

がっかりと肩を落としつつ、取り出した本を元の場所に戻そうとしたその時、棚の奥の方にこっそりと小さな本が立てかけてあるのに気がついた。

「あれ？　何だろう」

ユリアスは手を伸ばしかけ、ふとためらう。

状況的に見て、どう考えても隠してあった本だ。他人に見られたくないと思ったカルディエムがわざとそうしておいたのかもしれない。

それでも、なんだか無性に気にかかる。

「ごめんなさい。カルディエム様」

持ち主に向かって罪の赦《ゆる》しを乞うと、ユリアスは思いきってその本を取り出した。

ずいぶんと古いもののようだ。表紙の文字は擦りきれていて読めなかったが、中には栞《しおり》が挟んである。こちらは比較的新しそうな紙だ。

本を書見台に載せ、注意深く捲ったユリアスは、思わず「あっ」と声を上げた。そこには〈七色の龍〉の伝説が事細かに記されていた。

カルディエムが教えてくれたとおり、いや、それ以上に詳細な内容が何ページにも亘ってびっしりと書かれている。

正しい力の使い方や、その影響力についても説明されており、ユリアスは夢中で文章を目で追った。

やはり、どれもかなり難しそうだ。意味のわからない言葉もたくさんある。それでも懸命に読み進めていたユリアスは、ふと怖ろしい記載に行き当たってビクリと身を竦ませた。

「……えっ」

強い力は、時に龍人本人の命を削ることさえあるらしい。かつて海賊たちから国を守るため海を凍らせた〈七色の龍〉がそのまま命を落としたと書かれてあった。

「自分の命と引き換えに……」

尊い犠牲によって救われたたくさんの命があった。〈七色の龍〉は、決して美しいだけのものではない。時に命懸けで国を守る存在なのだ。

「ぼくも、そんなふうになれるのかな」

心臓がドクンと鳴った。

もしもそんな機会が訪れたら、この伝説の龍人のように迷わず身を挺《てい》することができるだろうか。死ぬのは怖くない。皆の役に立てるなら光栄だ。ただひとつ、カルディエムと永遠のさよならをしなくてはいけないことが悲しかった。

考えただけで胸がぎゅうっと痛くなる。

何度も今生の別れを覚悟した。夜伽を命じられた時だって、ローゼンリヒトに向かって歩いていた時だって、もう二度と会えないだろうと腹を括った。

それでも、まだ一緒にいる。こうして傍にいればいるほど離れるのが苦しくなってしまう。

本当は、ずっと一緒にいたい。彼の傍にいたい。彼のために生きていたい。

「カルディエム様……」

そっとお守りに頬擦りをする。それでもあふれる気持ちを止められず、ユリアスは鱗に唇を寄せた。

ひんやりとしていて硬い感触。

それでもカルディエムの一部だったと思うと胸が高鳴る。くちづけを交わしているようで、いけないことだとわかっていても今だけはと瞼を閉じた。

これ以上好きになってはいけない。

聖職者である彼を惑わせてはいけない。

頭ではわかっているのに気持ちがそれに追いつかない。はじめて気持ちを自覚してから今日の日まで、彼を想わない日はなかった。

「傍にいられるだけでもしあわせなのに」

　自分はなんて欲深なのだろう。こんな独りよがりな気持ちを抱いていては、〈七色の龍〉として正しい力を発揮できない。いざという時のためにももっとしっかりしなくては。

　名残惜しさをこらえて鱗に頬擦りし、元のように服の中にしまう。

　片づける前にもう一度見返しておこうと本に目を落とした時だ。

「ユリアス」

　名を呼ばれて顔を向けると、そこにはカルディエムの姿があった。いつの間に戻ってきたのだろう。まるで気がつかなかった。

　慌てて本を背中に隠したものの、時すでに遅し。

「それをご覧になりましたか」

「……は、はい」

　嘘をつくわけにはいかず、正直に頷く。

　すぐ近くまでやってきたカルディエムは、最後のページが開かれているのを見てため息をついた。

「あの…、ごめんなさい。勝手に……」

「私が書棚を好きに見ていいと言ったのです。あの重たい本を全部どかしてしまうとは思いませんでしたが……。ずいぶん探したのでしょうね」

　恐る恐る顔を上げる。予想に反してやさしい顔をしていたカルディエムにほっとしながらユリアスはこくんと頷いた。

「〈七色の龍〉のことを知りたくて……そういう本があったらいいなって」

「あなたの知りたいことは見つかりましたか」

「はい。だけど、ぼくには難しそうで……。あっ、でも、ちゃんとできるようになりますから！」

　弱気なことを言ってはいけない。命を懸けて国を守らなければならないのだから。

けれどカルディエムは意外にも異を唱えた。

「そう思わせたくなくて、見えないところにしまっておいたのですよ」

大きな手が伸びてきてそっと頬を包まれる。

「あなたはとても責任感の強い方です。課されたことは、それが何であれ完遂しようとするでしょう。……そうやって生きてきたのですものね。それが良いところでもある。それでも、私はあなたに無理をさせたくないのです」

「カルディエム様」

「あなたが何者であったとしても、あなたを失う理由にはならない」

緑青の瞳が熱を帯びる。

頬を包んでいた手を肩に回され、気づいた時には抱き締められていた。

夜道を歩いてきた彼の身体は冷たく、頬に触れる布はひんやりとしている。それでも大きな手に後頭部を包まれ、胸に押し当てるようにされて、愛しい匂いにドキッとなった。

あなたが何者であったとしても。

彼はそう言った。自分を丸ごと受け止める覚悟があるのだと。

――そんなふうに、言ってもらえるなんて……。

うれしくて頭の芯が焼き切れそうだ。おずおずと差し出した手でカルディエムの服をきゅっと握ると、彼は一瞬息を呑んだ。

「ユリアス……」

ふるえる声で名を呼ばれる。

「カルディエム様」

だからユリアスも呼び返した。そうしてみてはじめて、愛しい名前を唇に乗せることができるだけでしあわせなのだと気がついた。

「カルディエム様………」

どれくらいそうしていただろう。

ゆっくりと腕が解かれ、名残惜しさを誤魔化すようにポンポンとやさしく肩を叩かれた。

「座りましょう。話しておきたいことがあります」

そう言って、カルディエムは部屋を横切っていく。それを追いかけたユリアスは、目で示された椅子に腰を下ろした。

「交渉の状況について、共有しておきます」

「……っ」

瞬時にして空気が張り詰める。

カルディエムは前屈《かが》みになり、やや声を潜めながらゆっくりと話しはじめた。

「アドレア、ローゼンリヒトとの話し合いの結果、援軍の要請に応えていただけることになりました。彼らはゲルへム軍の監視の目を誤魔化すため、一度バーゼル川を北上し、リッテンドルフに入ります。そこから機を見て国境を越え、陸路で城を目指していただくことに」

リッテンドルフはローゼンリヒトの東側、ゲルへムから見れば北側に位置する小国だ。

四方を国に囲まれ、さらに険しい山岳地帯が多いことから陸戦に長けた山岳軍を保持していると聞いたことがある。おかげで海戦一本槍なゲルへム軍が戦いをしかけることはなかったのだとか。

「ですが、リッテンドルフとの国境近くにはゲルへム軍の砦が……」

「承知の上です。行軍に関しては、アドレア・ローゼンリヒト連合軍の作戦にお任せしています。砦の攻略にどちらの軍をどの程度割くのが良いかなどは戦闘経験がある方の方がお詳しい」

確かに、カルディエムの言うとおりだ。

対龍人戦ではどうしても海側からの突撃を封じられるため、取り得る手段は限られている。当初はバーセル川を渡る案もあったそうだが、より安全でスムーズな策を取ることにしたという。

「アドレアも、ローゼンリヒトも、それぞれ国王の右腕と称される方が軍を率いてくださるそうです」

「それなら百人力ですね」

「本当にありがたいことです。それからもう一方、サン・シットとも交渉をはじめました。逃亡の際の国境封鎖について条件を洗い出しています」

　一口に国境を閉じると言っても門自体はいくつもあり、長期に亘って封鎖することは難しい。ゲルヘム軍が逃亡に使うだろうルートを見極めるとともに、封鎖にかかる人員の配置について整理が必要なのだそうだ。

「こういったこともテオドル様を通して連合軍から助言をいただいています。我々は戦いに関しては素人ですし、中立国であるサン・シットも似たような状況ですので」

「テオドル様たちがいてくださって本当に良かったですね」

「ええ。私たちだけではとてもなし得ない。多くの方のお力添えのおかげです」

　カルディエムがようやく表情を和らげる。

　それを見てユリアスもほっと頬をゆるめた。

「日々のお務めに加えてそちらの交渉もとなると、お疲れが溜まっていませんか。ぼくにできることがあったら何でもおっしゃってくださいね」

「ありがとう。ですが、いろいろやっていただいていますよ。部屋の片づけや植物の世話……それに、書架の整理をしてくれたのもあなたでしょう？」

「いつも本を読ませていただいていますから。でももっと、何かしたくて」

「それならひとつお願いできますか」

　カルディエムが薬箱を指す。一日の終わりに彼の眼帯の下の布を取り替え、薬を塗るのもユリアスの仕事だ。

「もちろん。よろこんで」

　ユリアスは慣れた手つきでそれらを準備すると、「失礼します」と断ってカルディエムの眼帯の紐をゆるめていった。

　歩いている時に取れないようにきつく結んでいるせいで、結び目を解く時はいつも苦労する。手がぶつかってはいけないし、髪を引っ張ってしまっても痛いだろう。それに、この時ばかりはどうしても彼の頭を抱えこむような格好になるので、それがまたユリアスをドキドキさせるのだった。

「そんなに緊張しなくても……」

　カルディエムにくすくす笑われながらようやくのことで眼帯を外す。下に当てていた布をそっと取り外すと、痛々しい傷跡が現れた。

　一時は赤く腫れ上がっていた傷口も瘡蓋《かさぶた》が剥がれ、だいぶくすんだ色になってきた。内出血も落ち着いてきたように思う。

　それでも、深く切りつけられた左目は二度と開くことはない。眉から頬にかけて一直線に走る傷跡にユリアスはそっと唇を噛んだ。

　眼帯は戒めだとカルディエム自身が言ったように、ユリアスにとってもこの傷は決して許されることのないものだ。こうして目にするたびに苦しくなる。

　ここに美しい緑青の瞳があったのに。愛と品格に満ちたやさしい眼差しがあったのに。

「……ユリアス」

　処置のため、両目を閉じたままのカルディエムにそっと呼ばれる。

「私は、この傷を名誉だと思っていますよ。あなたを、そしてこの国を守るための戒めとなってくれた。だからどうか怖がらないで」

「いいえ。いいえ、怖くはありません。ただ、どうしてもあの時のことを思い出してしまって……」

「形あるものはいつか壊れる。たとえばそれは目であったり、人の命であったりします。……私の命も、あなたの命も、いつかはなくなってしまうもの。それでもこうして出会い、意味が生まれたのですから、そのことに感謝しなくては」

「カルディエム様」

「それに、たとえ壊れたとしても意味を失うことはありません。それどころか、新たな意味を与えられることとさえあるのです」

　この目が戒めとなったように。

　二度と光を映さずとも、二度と同じ過ちをくり返さないと彼の心に刻まれた。左目を失った代わりにカルディエムは強い心を手に入れたのだ。

　そんなふうに思えるまでどれほどの葛藤があっただろう。ならば自分も、彼にふさわしいように強くなりたい。強い自分として傍にいたい。

「ぼく、カルディエム様の光になりたいです」

　思いがけない申し出だったのか、カルディエムはひとつ残った右目を瞠った。

「カルディエム様と一緒に世界を見ます。たくさんのものをこの目に映して、そして一緒に考えます。頼りないかもしれないですけど、頑張りたいです」

　彼が見ている広々とした世界と対峙《たいじ》してみたい。各国との交渉に奔走するシドやマハムたちのように、自分もその一端を担いたい。もっともっといろいろなことをやってみたい。そして彼の役に立ちたい。

　そう言うと、カルディエムはじっとこちらを見つめた後でそろそろと息を吐き出した。

「そんなふうに言っていただけるなんて……。私が今、どれほどうれしいかわかりますか」

「カルディエム様」

「ありがとう、ユリアス。私もあなたと一緒に世界が見たい。同じものを目に映したい。そしていつかこの国に平和が訪れたら、それをあなたと誇りたい。それこそが私の夢です」

　手を取られ、甲に誓いのキスが落とされる。

「ユリアス。あなたこそ私の希望の光」

ユリアスも思いきってカルディエムの手を両手で包み、真似をして手の甲にくちづけた。

「カルディエム様はぼくのすべてです」

緑青の瞳が燃えるように輝いている。

それを胸に刻むつもりで、ユリアスはいつまでも美しい隻眼を見つめるのだった。


事態は、思いがけない方向から突き動かされた。

「大変です、カルディエム様。ジャミール様がお呼びです。ユリアスも連れてくるようにと」

エルーガが息せき切って駆けこんでくる。

いつものように離れで雑事に勤《いそ》しんでいたユリアスは、ハッとしてカルディエムと目を見合わせた。ジャミールと聞いただけで嫌な予感が胸を過る。

「伽の催促でしょうか」

「それなら先日お断りしています」

「まさか、我々の動きを察知されたとか……」

エルーガの言葉にギクリとなった。

「落ち着いて。決して悟られてはなりません。私が受け答えに応じます。さぁ、行きましょう」

カルディエムにポンと背中を叩かれ、詰めていた息をやっとのことで吐き出す。

三人は離れを出ると、王の待つ主塔へ急いだ。

執務室の扉が開くなり、禍々しくドス黒い空気に押し戻されそうになる。椅子にだらしなく腰かけたジャミールの傍にはハッサムが陣取り、さらにその左右を取り巻きたちが固めていた。

力だけが支配する、なんとも居心地の悪い空間だ。

それでもカルディエムに倣《なら》って頭を下げた。

「お呼びでございますか。陛下」

「おまえはいつまで俺を待たせるつもりだ。たかが奴隷ひとりの仕込みにいつまでかかっている」

「畏れながら、先日もご説明させていただきましたとおり聖週間に入っております。穢《けが》れを祓い、欲を慎み、清貧を旨とする期間でございますので、そのようなことはお慎みいただくべきかと……」

「ええい、うるさい。神官の分際で俺に説教をする気か。何が聖週間だ」

「よもや、自分で味を占めたのではあるまいな」

　横からハッサムも口を出す。彼はユリアスの方をチラと見ると、ジャミールに何か囁いた。

　それを聞いたジャミールが「それもそうだな」とニヤリと嗤う。

「おまえにはさらなる仕置きが必要かもしれんな、カルディエム。一族を皆殺しにしてもいいんだぞ。いや、どうせならルクシュの人間全員を見せしめにしてやってもいい」

「王よ。無作為に人を殺《あや》めては民の士気が低下し、求心力が失われます」

「おまえなんぞに言われたくもないわ。いいから俺の言うとおりにしろ。奴隷を今夜連れてこい」

「ご命令には従いかねます」

「カルディエム！　貴様、王の命令が聞けないと言うのか！」

　ジャミールが力任せにテーブルを叩いた。雷鳴のような怖ろしい怒声にユリアスは息を呑むばかりだ。一緒にいたエルーガも、さらには取り巻き連中まで竦み上がっている。

　けれどその中にあってただひとり、カルディエムだけは微動だにせず、まっすぐに王を見つめていた。

　研ぎ澄まされた強い眼差しはまるで刃物のようだ。横顔は静かな覚悟に満ちている。二度と同じ過ちはくり返さないと誓った時の顔をしていた。

「陛下のご命令であっても、それだけはできません」

「いい加減にしろ。このエセ神官が！」

「我が子を抱くおつもりですか！」

カルディエムが切り札を投げた瞬間、部屋は水を打ったようにシンと静まり返った。誰もが耳を疑い、固唾を呑んで彼の次の言葉を待つ。

「陛下は、実の我が子と交わるおつもりですか」

「なっ…、何を根拠にそのようなデタラメを！」

我に返ったハッサムが甲高い声で割りこんでくる。援軍を得て、ジャミールも我を取り戻した。

「貴様、言うに事欠いて奴隷がこの俺の子供だと？王に対する不敬で今すぐ八つ裂きにしてやろうか」

「そうだそうだ」

「エセ神官に厳罰を！」

取り巻きたちも息を吹き返したように加勢する。

そんな連中の顔を目に焼きつけるように見回したカルディエムは、さぁ断罪だとばかりジャミールにひたりと視線を合わせた。

「陛下は、ノースブルーをご存知ですか」

「知るか。そんなもの知るわけないだろう」

「いいえ、よくご存知のはずですよ。南の楽園とも呼ばれる、サン・ガルディーニャの美しい宝石です」

「……！」

その名を聞いた途端、ジャミールがサッと顔色を変えた。あれほど苛立ちを露わにしていたのが嘘のようだ。

「覚えていらっしゃいますね。十八年前に国を襲い、そこで何をなさったのかも」

謀略と略奪の限りを尽くし、王女を辱め、楽園を不幸のどん底に突き落とした。たった一夜の陵辱《りょうじょく》によって見えない不幸の連鎖は続いた。

「…………」

ジャミールが食い入るようにユリアスを見つめる。それでもまだ、信じられないといったふうだ。

案の定、彼の口から出たのは「そんな馬鹿な」という言葉だった。

「奴隷が俺の子だというのか。この俺の……」

「王の御子《みこ》が卑しい奴隷であるわけがない。偽りを語る不届き者め」

呆然とするジャミールの代わりにハッサムが声を上げる。

「第一、龍人の子がエトランゼであるわけがない。その白い肌も赤い目も、どう説明するというのだ」

「サン・ガルディーニャの民をご覧になったことはございませんか」

「なんだと」

「彼らは赤い目をした民族。その色は赤褐色や橙、あるいは柘榴にも喩えられ、外見の特徴が強く遺伝することでも知られております。彼の耳が尖っていないのもアハムタ王女の血によるものです」

「な、ならば肌の色はなんだ。やつらだって褐色だろう」

「それこそ王女から譲り受けたもの。彼女は王家の中でもひとりだけ肌が白く、それゆえに神聖視されていたと聞きました。そんな方をサン・ガルディーニャの民から奪い、命まで奪ったのがジャミール様――あなたです」

「……っ」

ジャミールがビクリと身を竦ませる。

「ジャ、ジャミール様……」

ハッサムも目に見えて狼狽えはじめた。ようやく当時のことを思い出したに違いない。

「……く、くだらん。そんな話、誰が信じるものか」

ジャミールは自らを鼓舞するように吐き捨てる。

カルディエムの目に仄暗い色が混じった。コツ、コツ、と靴音を響かせながらゆっくりジャミールに近づいていく。

「十八年前、陛下はひとつの国を破壊されました。今でこそサン・ガルディーニャは復興しましたが、それでも陛下がなさったことは禁忌として民の心に刻まれています。アハムタ王女の御子はそのせいで城を追われ、海を渡り……十七歳になってようやくゲルヘムに辿り着いたのです」

　ジャミールはもう一度こちらをチラと見る。

　これまでの話からもうシラを切り通すことはできないと悟ったのか、再び苛立ちを押しつけるように乱暴な仕草で椅子に座り直した。

「フ…、フン。だとしたら何だと言うんだ。珍しい奴隷というから買ってやったのに、とんだ汚れものだったとはな。馬鹿馬鹿しい」

　一瞬、カルディエムの纏う気配に殺気が混じる。

　それでも彼は己を律して説得を続けた。

「バザールで彼と出会ったのも、こうして再会する運命だったからではないでしょうか。これからは行いを改め、奴隷制を廃止いただき、そして彼を平和の象徴として大切に……」

「くだらん」

「陛下」

「何が運命だ。こっちは興醒《きょうざ》めもいいところだぞ。どうしてくれる」

　話しているうちにいつもの調子を取り戻したのか、ジャミールは濁声《だみごえ》を張り上げる。

「それともいっそ殺すか。捨てた女の子供に寝首を掻かれてはたまらんからな」

　その瞬間、王の御前ということも忘れてカルディエムが激しく殺気立った。

　それを見てジャミールがニタリと嗤う。

「どうした。不服か」

「我が子を手にかけるとおっしゃるなど」

「よもや、奴隷ごときの命が惜しいなどと言い出すわけではあるまいな」

「王も奴隷も、神の前ではひとりの人間です」

「この俺に意見するつもりか」

「どうかお考え直しください、陛下」

　必死の嘆願にもかかわらず、ジャミールは一笑に付すだけだった。優勢を取り戻し、心に余裕ができたのだろう。ハッサムにまたも何かを耳打ちされ、ジャミールはますます笑みを濃くした。

「カルディエム。おまえはそいつに夜伽の作法を仕込んでいるところだと言っていたな。ならば、その成果を披露してみせろ」

「……どのような意味でしょうか」

「俺の目の前で抱いてみろ。そうすれば、そいつは殺さずに解放してやる。ただし、おまえの神官の地位はなくなるからそう思え。どうだ。とっておきの舞台を用意してやるぞ？」

　カルディエムが息を呑む。

　ユリアスも耳を疑った。

　いくら自分でも、これが嘘だというのはわかる。カルディエムに苦痛を与えたいだけの罠《わな》だ。言われたとおりにしたとしても自分は殺されるだろうし、彼は職を失してしまう。

　神官である彼は『民の心の拠り所』だ。仲間が、村人たちが、そして今や様々な周辺国の人たちとのつながりがカルディエムを中心に築かれている。

　そんな彼が職を解かれるということは、彼が城にいられなくなることを意味する。やっとできた他国との関係が途切れてしまう。革命は起こることなく立ち消え、民衆はこの先も暴君の支配に喘ぐのだ。

　いけない。それだけはいけない。そうなったらサン・ガルディーニャだけでなく、この国まで内側から崩れてしまう。

「いけません。カルディエム様」

　いても立ってもいられず、ユリアスはとっさにカルディエムに縋りついた。

「神官の職を擲《なげう》ってはいけません。すべてが水の泡になってしまいます」

「ですが、あなたを見殺しにすることなどできない。大切な人の命も守れずに、神の御前に立つ資格などないのだから」

　静かに諭され、長衣を握りしめていた手をそっと引き剝がされる。その目の奥には怒りだけではない、ゾッとするほど冷たい炎が燃え盛っているのが見て取れた。

　底冷えするほどの怖ろしい目だ。はじめて見るカルディエムに言葉もない。

　彼は王に向き直ると、恭しく頭を下げる。

「ご命令、謹んでお受けいたします」

　その瞬間、王や取り巻きからドッと笑いが起きた。

　権力に屈した不届き者と嘲笑《あざわら》うもの、聖職者とは名ばかりだと蔑むもの、中には不埒な見世物をいつにしようかと算段をはじめるものまであった。

　そんな下品な笑い声に煽られながら、ユリアスは一心にカルディエムの横顔を見上げる。

　――きっとお考えがあるはず。

　そうでなければ、ここでカードは切らないはずだ。

　おそらく、自分の知らないところで再三に亘って王から夜伽を要求されていたのだろう。断る口実を並べていれば、やがて実力行使に出られてしまう。そうなる前に、ユリアスが実の子であることを明かして興を削ぐという最終手段に出たのだ。

　これには大きなリスクが伴う。

　ユリアスがジャミールの子とわかった以上、私利私欲のために利用しようとする輩《やから》は出るだろうし、ジャミール自らユリアスを連れてサン・ガルディーニャに乗りこみ、当該国の王位継承権を主張することだって考えられる。

　賢明なカルディエムは、それらすべてを想定した上でこのタイミングを選んだはずだ。ジャミールが腹癒せにとんでもない我儘を押しつけてくることも読みのうちだったとしたら。

　――カルディエム様……。

　いったい彼はどこまで見通しているのだろう。

その聡明さに戦くとともに、彼にふさわしい自分でありたいとの思いがまた一段と強くなった。

思わず武者震いが起こる。

ぶるりと身をふるわせるユリアスを見て取り巻き連中が囃《はや》し立ててきた。怖がっていると思ったのだろう。少し前の自分だったら、カルディエムの思惑がわからず無駄に狼狽えていたかもしれない。

でも、今はもう違う。

己の中にある確固たる思いを誇らしく思いながら、ユリアスはまっすぐに前を見つめた。

神官が奴隷を抱く見世物をやる――。

話はあっという間に城内に広がった。

ユリアスを気の毒に思って慰めてくれるものや、カルディエムの決断に疑問を呈するものなど反応は様々だ。王やその取り巻きは下卑た薄笑いを浮かべながらその日を今か今かと待ち構えていた。

おかげで、粘ついた視線や揶揄に追いかけられる毎日だ。これには閉口させられたけれど、ここが我慢のしどころだとユリアスは己に言い聞かせた。

幸いなことに、まだ不穏な動きはない。

それに、皆がこちらに注目してくれればそれだけ革命の準備も進めやすくなる。

あとはうっかりボロを出して積み上げてきたものを台無しにしないよう、細心の注意を払っていつもどおりにしていなければ。

ユリアスは両手に施されたボディペイントに目を落としながら、カルディエムの言葉を思い返した。

――王の目を逸らすため、この機を利用します。

あの日、離れに戻るなりそう告げられた。やはり彼はもっと先を見つめていたのだ。

本意に触れてほっとすると同時に、水面下で進行していた計画を教えられて二度驚かされた。

――援軍が到着するまであと五日。それまで、できるだけ時間を稼ぎます。

すでに革命は動き出していたのだ。

アドレア・ローゼンリヒト連合軍と示し合わせた日がある以上、直前でゴタゴタを起こすのは得策ではないと踏み、ならば王の気を引いて油断を誘おうとあえて危険な賭けに乗ったと聞いて眩暈がした。

連合軍が隣国リッテンドルフを経由してこの城に辿り着くまで、なんとか今の状態を維持しなければならない。

そこで出たアイディアがボディペイントだった。

本来は花嫁を飾る伝統装飾で、手や腕、脛《すね》や足の甲などの服で隠れない皮膚の上に特殊な植物の汁でレースのような装飾の跡をつける。

緻密な模様は描くのに時間がかかる上、乾くまで動いてはならないという性質上、完成までに日数を要するのだ。

一か八かの賭けだった。

「そんなものどうでもいい」と一蹴される可能性もあったが、ジャミールは「王の目を愉しませるため」という表向きの理由を殊の外よろこんだ。

相手の大切なものを踏み躙るのが好きな人だ。

カルディエムが妻となる人にするようにユリアスを飾り立て、それを犯して職を失い、最後には妻の命までをもこの手で散らすという筋書きに嗜虐心が昂るのだろう。

王はペイント用に数日の猶予を与えたばかりか、「特別に美しくせよ」とまで宣《のたま》ったそうだ。

ひととなりを知れば知るほど同じ血が流れていることが悲しくなる。生き別れの父だとわかった今もジャミールを尊敬する気持ちにはなれなかった。

――せっかく、生きていたのに……。

母親はすでにこの世にいない。彼女の分まで生きて会えたことをよろこび合えたら良かったのに。

そんなことを思っていると、ユリアスの寝床でもある厩舎にエマが顔を見せた。

「こんばんは、ユリアス。今夜もお邪魔するよ」

「エマさん。いつもありがとうございます」

エマがにこにこしながら中に入ってくる。

カルディエムの依頼を受けて、毎晩少しずつユリアスにペイントを施してくれているのだ。これまで何人もの花嫁を飾ったというだけあって彼女の腕は大したものだ。すっかり定位置となった椅子に腰を下ろすと、エマはいつものように筆を執った。

赤茶色の液体が彼女の手によってみるみる美しい模様になっていく。それをじっと見守っていると、手を動かしながらエマが口を開いた。

「どうしたんだい。心ここに在《あ》らずな顔して」

「え？　あ……そう、見えますか」

「言いたくないなら言わなくてもいいんだよ」

やさしい人だ。やさしくてよく気づく。

ジャミールのことを考えていたと打ち明けると、エマは大きなため息をついた。

「あんたも気の毒にね。神様はなんだって、こんなかわいい子に大変な運命をくださるのか……」

「エマさん」

「あんなやつの子だって知ったら、あたしなら卒倒してそのまま死んじまうよ。憤死さ、憤死」

ユリアスの出生の件は、あの後カルディエムから仲間たちに伝えられた。

話を聞いた時のエマといったら、怒りで手がつけられないほどだったという。「女を何だと思ってんだい！」「ロクデナシの屑《くず》野郎め！」「ユリアスに謝んな！」と喚《わめ》き立て、「そんなやつに仕えるなんてもうまっぴらご免だよ」と城を出ていこうとするのを皆で必死に止めたそうだ。

「エマさんが怒ってくださったと聞いて……その、変な言い方ですけどうれしかったです」

「仲間なんだ。当然だろ」

　エマは顔を上げ、鼻の頭に皺を寄せて笑う。

「子供は親を選べないけど、親を超えていくことはできる。だから頑張んな、ユリアス。あたしたちがついてるよ」

「エマさん……」

　安心させるようににっこり笑うと、エマはまた筆を動かしはじめた。

　その手から生まれる繊細な模様のひとつひとつがまるで祈りの言葉のようだ。

「きれいですね」

「昔からの伝統でね。自分の結婚式ではどんな模様にしようかって、小さいうちから考えるんだよ」

　エマもあれこれ悩んだそうだ。それがまた楽しいのだと彼女は子供のような顔で笑う。

「女の人は、こんなきれいなもので飾ってもらってお嫁に行くんですね」

　愛する人としあわせになるために。

　うらやましいなと思った。同時に、自分には叶えられないことだからこそ、時間稼ぎの手段だとしてもこうして体験させてもらえてとてもうれしい。

　――今だけは、夢が見られるから。

　ペイントに見入っていると、なぜかバシッと背中を叩かれた。

「心配しなくても、その時が来たらあたしに任せな。とっておきのを描いてあげるから」

「え？　その時って……？」

　問いかけてもエマは意味深に微笑むばかりだ。

　彼女は手早く道具をしまうと、「乾くまでじっとしてるんだよ」と言い含めて立ち上がった。

「いいかい、ユリアス。何度でも言うよ。あんたはあたしたちの大切な仲間だ。だからあんたはそれを信じて何があってもへこたれずにいなさい。きっとうまくいくから」

「エマさん」

「元気出しな。また明日。また明日ね」

「はい。ありがとうございました」

エマが厩舎を出ていく。

その姿が見えなくなるまで見送って、ユリアスはもう一度左腕に描かれたばかりのボディペイントに目を落とした。

しあわせになるための花嫁装飾。

うまくいくためのおまじない。

願いごとが届くのなら、革命が成功しますように。この国に平和が戻りますように。皆が笑顔になりますように。そして何より、カルディエム様の安全が守られますように。

――――すべてがうまくいきますように。

美しい模様に願いをこめる。

染料が乾くまでの長い間、ユリアスはこれからのことに遠く思いを馳せるのだった。


伽は、ついに明日の夜と定められた。

城内はにわかに慌ただしくなったが、別の意味でいよいよだと腹を括った面々がいる。カルディエムを筆頭とする革命軍のメンバーだ。シド、マハム、スワイドにエルーガ、エマ、それにユリアスたちは人目を避け、神官の住む離れに顔を揃えた。

「……時は来ました。どうか、誰ひとり命を落とすことのないように」

カルディエムがテーブルについたひとりひとりの顔を見回す。

ひとりも怖《お》じ気《け》づくものはいなかった。長い間虐げられながらも、民族の誇りを失わなかった彼らは百戦錬磨の精鋭軍のようだ。

「明日の夜、アドレア・ローゼンリヒト連合軍が到着します。城門を開ける役目はエルーガ、あなたに。

中で我々と合流したら二手に分かれ、一方は城内の混乱を抑えこむ隊として、もう一方は逃亡するであろう王の追跡をする隊として動く予定です。城内の制圧はマハム、近衛兵を率いて頼みます。追跡には私やシドも同行しますが、村人たちの統率に長けたスワイド、力を貸してください」

「お任せください！」

　エルーガとスワイドの声が重なった。

　マハムもドンと胸を叩く。

「近衛隊長は俺の幼馴染み。話は通してありますぜ。明日は暴れてやります」

「ルクシュとラクサの長にも話してあります。号令さえかかればいつでも動き出せる手筈《てはず》です」

「城門までの誘導もお任せください。ラクサ出身者に配置についてもらう予定です」

「エルーガ、スワイド、マハム。ありがとう。どうか頼みます」

　カルディエムは三人を労うと、「もうひとつ共有しておきます」と続けた。

「国境封鎖に関して、サン・シットと正式に合意しました。想定される王の逃亡ルートや地形に関する情報はすでに連合軍とも共有済みです。状況に応じて追いこむことになりますが、ゲルヘム軍が相手ですので、こちらは連合軍主体で動く形になるかと」

「そこに同行されるのは危険ではありませんか」

　マハムが身を乗り出す。

「覚悟の上です。私には、王に退位を迫るという役目があります。……彼が逃亡などせず、その場で廃位を宣言してくれれば追いかける必要などはないのですが」

「それはあり得ません」

　すかさず割りこんだのはシドだ。

「あの強欲なジャミール王が、自ら王冠を脱ぐなどあり得ない。最後のひとりになってもしぶとく抵抗するに違いありません」

「私もそう思います。とても一筋縄ではいかないでしょう。そのための準備として、シド、あなたには逃亡経路の検討やサン・シットとの交渉など、たくさん助けていただきましたね。エマには食料確保に尽力いただきましたし、当日は侍女たちを誘導してもらうことになっています」

　シドとエマが心得たというように頷く。

　それを見て、ユリアスも身を乗り出した。

「あの、ぼくには何ができるでしょうか。ぼくもお役に立たせてください」

「何を言うのです。あなたにも、充分危険な役目を担っていただいているのですよ」

「え？」

「あなたと私には夜伽の真似事という役目があるでしょう。それでギリギリまで王の注意を引きつけ、ここぞという時に一気に連合軍を傾れこませます。つまり、連合軍が突入して阿鼻叫喚《あびきょうかん》の騒ぎになった時に、場の中心にいるのはそれまで見世物にされていた私たちということになるのですよ」

　カルディエムが表情を険しくする。

「逆上した王が殺害を命じたり、ゲルヘム軍に斬りかかられる可能性だってないとは言えない。混乱の中では何が起きるかわかりません。無論、あなたの身の安全は最優先で守りますが、あなた自身も充分注意しておいてください」

「わかりました。心して務めます」

　ユリアスは力強く頷いた。

　自分がしっかりしていれば、それだけ彼の負担も減るはずだ。革命全体を指揮するカルディエムの重荷にだけはなりたくない。

　そんな思いが顔に表れていたのか、カルディエムは気持ちを解すようにふっと頬をゆるめてみせた。

「大丈夫。そんなに思い詰めないで」

「カルディエム様」

「それでももし、さらにお力添えをいただけるなら……革命の成功を願ってくれますか。あなたの祈りの力でこの国を平和に導いてください」

その言葉にハッとした。

――そうだ。ぼくは〈七色の龍〉だ。

国のために命を懸け、そして平和へ導く存在だ。そんな宿命を背負った自分なら、革命の成功を願うことにもきっと意味があるはずだ。

ユリアスは己の成すべきことを胸に刻むと、まっすぐにカルディエムを見上げた。

「お任せください。心をこめて祈ります」

「ありがとう。あなたにしかできないことです。頼みましたよ」

目と目でさらに言葉を交わし、深く頷いたカルディエムは、あらためて一同の顔を眺め回した。

「軍の侵略によって我々の暮らしは一変しました。尊厳や自由を奪われ、暴力で恐怖を植えつけられ、思想は捻じ曲げられてきた。多くを失い、取り戻すこともできず、ただ悔しさに耐えるしかなかった。けれどそんな我々がひとつだけなくさなかったものがある――それが誇りです」

カルディエムが右手を胸に当てる。

「どんな非道にも屈しなかった魂を、私は誇りに思います。明日は我々のプライドを灯火として掲げ、未来のために戦いましょう。神は私たちに味方してくださる。奇跡は起きると信じています」

力強い言葉に胸がふるえた。指先まで痺《しび》れているのが自分でもわかる。

見れば、スワイドやエルーガ、マハムにシドまでが感銘に唇を引き結んでいた。涙もろいエマは目に涙を溜め、誇らしげにカルディエムを見つめている。

――明日、ぼくたちは生まれ変わる。

それは確信だった。

虐げられた過去を脱し、自分たちの人生を生きるための毎日を己の手によって切り拓《ひら》くのだ。それはなんと素晴らしいことだろう。

「明日は、私がユリアスの服に手をかけたらそれが突入の合図です。各自ためらわずに実行を」

「わかりました」

「お任せください」

固い決意を分かち合う。

その後は細かな段取りを確認して解散となった。

ユリアスも最後に部屋を出ようとしたところで、カルディエムに呼び止められる。

「ユリアス。少しお時間をいただけますか」

何か伝え洩れでもあったのだろうかと踵を返すと、思いがけず腕を引かれ、広い胸に抱き締められた。

「カ、カルディエム様？」

「静かに……。少しだけ、こうしていましょう」

頭上から愛しい声が降る。幼い子供にするようにやさしく背中を撫でられているうちに強張っていた身体から力が抜けた。

「……そう。上手です」

腕にすっぽり包みこまれ、甘やかすように銀色の髪に頬擦りをされて、胸の鼓動は高まるばかりだ。

逞しい胸に頬を押し当て、聞こえてくるトクトクという鼓動にユリアスはそっと目を閉じた。

「落ち着きましたか」

「あの…、すみません。なんか……」

「これほどのことを前に固くなるなという方が無理です。私だって緊張しているのですよ」

「え？　カルディエム様も？」

「私だって人間ですから」

カルディエムが戯けて笑う。

「それでも、私を信頼して人生を預けてくださった人たちのために、精いっぱいのことをしなくては。あなたもそのひとりですね。ユリアス」

緑青の瞳が眩しいものを見るように細められる。それをこんなにも美しいと思ったことはなかった。

「思えば、あなたは出会ってからずっと私に刺激を与えてくれました。あなたはいつだって一生懸命で、そして眩しい。その信頼だけは失うまいと己を律してきたくらいです。……これだけは心から言える。あなたに出会えて本当に良かった」

「カルディエム様……」

まさか、そんな言葉をもらえるなんて。

天にも昇る心地を噛み締めながら少しだけ身体を離したユリアスは、まっすぐにカルディエムの目を見上げた。

「カルディエム様に巡り会えたことでぼくの人生は変わりました。ユリアスとして生き直すことができたんですから……。出会えて良かったと思っているのはぼくの方です。カルディエム様の聡明さを、愛情深さを、そして強い信念を尊敬しています」

「ユリアス」

カルディエムは目を瞠り、それからうれしそうに眉根を下げた。照れた時だけに見せる、ユリアスが一番好きな顔だ。はにかむような笑顔を見ていると何だってできそうな気になってくる。

――あぁ、好きだなぁ。

胸の奥から熱いものがこみ上げた。

この気持ちを彼と共有することができたらどんなにいいだろう。うまく言葉にできない胸の痛みさえ差し出せたなら、どんなにか……。

もう一度、あたたかな胸に抱き寄せられ、思いをこめて目を閉じる。

どれくらいそうしていただろう。

腕が解かれる気配に顔を上げると、そこには真剣な顔をしたカルディエムがいた。

「すべてが終わったら、あなたに聞いてほしい話があります」

「……え？」

「悪い報せではありません。ただ、私の思っていることをお伝えしたいだけです」

「それなら、今でも……」

「戦いの前に気がかりを作ってはいけません。それに、私にも心の準備というものが必要です」

「そんなに大変なお話なんですか」

「そうですね……一世一代の」

カルディエムがそっと苦笑する。

今まで何度も見てきたような、それでいてどこか切なさの混じる表情だ。不意に彼が知らない人に見えてユリアスは思わずその袖口を掴んだ。

「怖いですか」

「い、いいえ」

「おや。今だけはそう言っていただけるとうれしいのですが。それを言い訳にまたあなたを抱き締めることができる」


カルディエムが悪戯《いたずら》っ子のように右目を瞑る。

「私に甘えさせてください」

伸ばされた両腕に吸いこまれるようにして身を預ける。あたたかな胸に頬を押し当てながら愛しい人の匂いを思う存分吸いこんだ。

――どうか、カルディエム様が無事でありますように。

願いをこめて背中に腕を回すと、同じだけの力でぎゅうっと抱き返される。すっぽり腕に包みこまれ全身でカルディエムの鼓動を感じた。

「あなたが無事でありますように」

低くくぐもった声に胸の奥がぎゅっとなる。自分と同じことを願う彼を、好きになって良かったと思うばかりだった。

――神様、カルディエム様をお守りください。

どうか、どうか、どうか。

今ほど強く願うことはなかった。

運命の夜。

城の中庭に焚かれた篝火《かがりび》が煌々《こうこう》と空を照らす。

庭をぐるりと囲むように配された回廊外郭には、有事に備えるという名目で簡易武装した近衛兵らが待機している。

回廊内郭にはゲルヘム軍が、そして中央の寝台を見下ろすように設えられた豪華な高座の上では王や取り巻きたちが愛妾を侍らせながらだらしなく酒を酌み交わしていた。

通用口の両脇には槍を持った護衛が立ち、出入りするものを厳しく監視している。その前を、銀盆を掲げ持つ侍女や酒樽《だる》を抱えた侍従、松明《たいまつ》を補充する雑用係などが忙しなく行き交った。

本来ならば、中庭には限られたものしか入れない。だが今夜は無礼講だ。大量のご馳走《ちそう》を運ぶため、調理棟との行き来がしやすいようにとの名目で主塔の外まで点々と松明が灯された。

中央の寝台を見つめながら、ユリアスはごくりと喉を鳴らす。全身にボディペイントを施し、美しく着飾った姿はどこから見ても花嫁そのものだ。顔にかけた薄いベールはエトランゼであることすら覆い隠した。

――いよいよだ。

すべてから解き放たれる瞬間が刻一刻と迫る。

一心に寝台を見つめていると、心配したカルディエムがユリアスだけに聞こえる声で「大丈夫ですよ」と囁いた。

「私から離れずにいてください。あなたには指一本触れさせません」

「どこまでもお伴《とも》します。カルディエム様」

ふたりが見つめ合ったその時、夜伽のはじまりを命じる銅鑼《どら》の音が夜空に響き渡った。

カルディエムに伴われ、最初の一歩を踏み出す。

揃って高座の前に進み出ると、取り巻きたちからいっせいに嘲笑が起こった。下品に囃し立てるもの、心ない言葉を投げつけてくるものと様々だ。けれどそんな誹謗《ひぼう》中傷は何ひとつ気にならなかった。

――今夜、すべてが変わる。

隣にいるカルディエムも同じ思いだろう。

彼は、薄笑いを浮かべながら肘掛けに凭れかかるジャミールに恭しく最敬礼を捧げた。

「ご命令どおり参上いたしました」

「これまで散々逃げ回っていたが、ようやく覚悟を決めたようだな、カルディエム。褒めてやるぞ」

取り巻きたちから嗤いが起こる。

「男の奴隷をここまで見事な花嫁に仕立てるとは。これを聖職者が手折るのかと思うとたまらんな」

横にいるハッサムと顔を見合わせ、ジャミールがニヤリと嗤う。

「さぁ、存分に愉しませろ」

突入までのカウントダウンがはじまった。

カルディエムに手を取られ、寝台に導かれる。

ユリアスがベッドに腰かけると、彼は台座をぐるりと迂回して後ろへ回った。

「王に見えるように。少しだけ我慢してください」

カルディエムの手によって少しずつ白いベールが捲られていく。

エトランゼの赤い目が露わになった瞬間、周囲からいっせいに響《どよめ》きが起こった。城内では極力目を伏せ、髪で顔を隠してきただけあって、多くの人がこの目を見るのははじめてのようだ。

「あれが噂のエトランゼか。あの赤い目で睨まれてみたいもんだぜ」

「やめとけやめとけ。呪われちまう」

「何言ってんだ。それを組み敷くのがいいんだろう。不思議な力が宿るかもしれないぜ」

取り巻きたちが囃し立てる。

以前、彼らの仲間が後宮に怪しい薬を持ちこんだと聞いたことがあったが、それは彼ら自身の間でも広まっていたのかもしれない。そう思わせるほどにだらしなく、様子のおかしな笑い方だ。

だが、ジャミールはそんなことなどお構いなしに勢いよく真鍮《しんちゅう》の杯を干す。

すぐさま侍女がやってきて、彼の杯に酒を注いだ。エマが用意してくれたとっておきの強い樽酒だ。

一口飲んだジャミールは一瞬顔を顰めたものの、気に入ったのか、すぐに二口、三口と杯を傾けた。周囲のものたちにも呑むよう勧め、ハッサム以下、取り巻きたちも挙《こぞ》って相伴に預かる。

あっという間に酔いが回ったのか、赤ら顔の男たちはさらに大きな声で野次《やじ》を飛ばしてきた。

「早くしろ、神官。もう待ちきれねぇぞ」

「さっさと脱がせろ。花嫁のアレを見せてみろ」

カルディエムがユリアスの衣装に手を伸ばす。

その瞬間、場の緊張感が段違いに跳ね上がるのがわかった。

息を殺し、突入の合図を出す瞬間を見極めているであろうマハム。

ゲルヘム軍の動きを封じるため、巧妙に包囲網を狭める近衛兵。

侍従や侍女を外に逃がすため侍女長として指揮を取るエマ。

彼女と連携し、中庭を封鎖すべく配置された護衛たち。

援軍とともに城門の外で待機しているスワイドやエルーガも固唾を呑んで合図を待っているだろう。

「神よ……我らの願いを聞き届けたまえ」

カルディエムの祈りが夜空に吸いこまれていく。

次の瞬間、彼は意を決したようにユリアスの花嫁衣装の前をはだけた。

篝火に照らされた白い肩が闇夜に浮かぶ。龍人とはまるで違う肌の色に男たちが「おおっ」と食いついた。生唾を飲むもの、前のめりになるもの、中には立ち上がるものまでいる。息を呑む艶《なま》めかしさに、誰もが言葉を失ったその時——。

ドオオォーン！　という轟音が響き渡った。

衝撃によって地面が揺れる。

「な…、何事だ……！」

「謀反か！」

「城門が破壊されました！」

場はあっという間に騒然となる。

ついに、革命の火蓋は切って落とされた。

大地を揺るがす雄叫《おたけ》びとともに連合軍が勢いよく突入してくる。数万の大軍に包囲されたのを察し、ジャミールは慌てて立ち上がった。

「闖入《ちんにゅう》者だ！　死んでも止めろ！」

「はっ！」

ゲルヘム軍はすぐさま城門に向かおうとする。

だがそこで、彼らにとって予想外のことが起きた。

「お通しするわけには参りません」

近衛兵だ。やりたい放題のゲルヘム軍に虐げられ、屈辱を味わわされてきたルクシュ出身の男たちだ。今日の日のためにじっとこらえ、そして準備を進めてきた。そんな男たちに容赦はない。

いっせいに剣を向けられ、ほぼ丸腰のゲルヘム軍に動揺が走った。

「な、何をする！」

「貴様ら、刃向かうつもりか！」

この間に、エマは召使いたちを逃がしたようだ。給仕が誰も残っていないことを確認して彼女自身も身を隠そうとしたその時、ゲルヘム兵に目をつけられる。それでも捕らえられることはなかった。

間一髪、護衛が間に入ってくれたからだ。

その隙にエマは回廊の向こうに消えていく。

「おい、そこを退《ど》け！　貴様逆らうつもりか」

ゲルヘム兵が腹立たしげに怒鳴った。護衛に言うことを聞かせるなど、これまでなら赤子の手を捻《ひね》るよりたやすいことだっただろう。

けれど今や護衛たちは兵士を睨み、槍を手に仁王立ちしたまま動こうともしない。これにはさすがの軍人たちも取り乱しはじめた。

「お、おまえたち、何のつもりだ。ジャミール様の御前で何をする！」

「何と言われようとも、ここをお通しするわけには参りません」

通用口の前で押し問答がくり広げられている間に、服の乱れを整えたユリアスはカルディエムとともに寝台を降りて駆け出す。

計画では、エマたちと同じように裏口から回廊を抜ける予定だったのだけれど、もうあと一歩というところで後ろからベールを引っ張られた。

「逃がすか」

ゲルヘム兵だ。怖ろしい顔で手を伸ばしてくる。

「ユリアス。伏せて！」

カルディエムの声に無我夢中でしゃがむ。直後に「ぐはっ！」という呻き声とともに男が倒れた。

「え？　え？」

「うまくいきましたね。説明は後で。さぁ、早く」

手を取られ、引っ張られるままに中庭を横切る。

「捕まえろ！　逃がすな！」

出口を目指す背中を怒号が追いかけてきた。その距離はもういくらもない。

「あっ」

焦ったせいで石畳に足を取られた。

「ユリアス！」

倒れそうになったのをカルディエムが受け止めてくれる。けれど、そうしている間にもゲルヘム兵はそこまで迫り、今にも追いつかれてしまいそうだ。

　その時だった。

「お待たせしちまいましたな」

　大きな背中が兵士との間に立ち塞がる。

「マハム！」

「早く。あちらへ」

　彼が目で指した先には護衛が合図してくれている。早くあそこから脱出し、援軍と落ち合わなければ。

　カルディエムと顔を見合わせた、その時だ。

　ガンッ！　ガガガガガッ！

　爆音とともに回廊の正面扉が押し開けられる。

　間髪入れず、連合軍が中庭に傾れこんできた。鎧《よろい》に身を包んだ彼らは瞬く間にゲルヘム兵を押さえこむ。中庭の外では、早くも逃げ出した兵士たちと一戦交えているようだ。

「カルディエム様、ユリアス。ご無事で何より」

「エルーガ！」

　やってきたのは援軍を引きこんだエルーガだ。

「脱出に時間がかかっておいでのようでしたので、勝手ながら強硬手段に出ました。さぁ、こちらへ」

　促されるまま、安全な場所まで連れていかれる。

　そこにはスワイドの姿もあった。

「スワイド。エルーガ。よくやってくれました」

「カルディエム様もご無事で何よりです」

　互いの無事を確認し合うと、エルーガはすぐさまそれぞれの国の大将と引き合わせてくれた。

「こちらがアドレア軍のザイン様。こちらがローゼンリヒト軍のギルニス様。総司令官は、三国同盟の長であるアドレアのザイン様が務められます」

　カルディエムの前に立った男性はどちらも見上げるほど背が高く、好戦的で鋭い目をしている。

　ふたりとも黒豹《くろひょう》の獣人なのだそうだ。しなやかで逞しく、それでいて隙のない身のこなしはまさに黒豹そのものだ。黒尽くめの鎧がまた獣の姿を彷彿《ほうふつ》とさせた。

「このたびのお力添え、心より感謝申し上げます。革命軍を指揮します、カルディエムと申します」

　カルディエムが胸の前で両のこぶしを突き合せ、最敬礼を捧げる。

「ゲルヘム軍には、東の砦で散々暴れてもらった。その礼を返しに来た」

　先に返したのは総司令官のザインだ。落ち着いた表情とは裏腹にその双眸は憎悪にギラギラと光り、今にも呑みこまれてしまいそうだ。

　その隣でギルニスも冷笑を浮かべた。

「奇遇だな。俺もゲルヘム軍には相当な恨みがある。父の仇《かたき》、そしてローゼンリヒトの民の仇だ」

「王に代わってお詫びを申し上げます。革命成功の暁には、国として正式に謝罪を」

「そのつもりだ」

「そのために来た」

　ふたりの力強い声が重なる。

　その間にも、中庭では近衛兵とゲルヘム軍が揉みくちゃになっていた。

　ジャミールやハッサムは檄《げき》を飛ばし、取り巻きもここぞと喚き立てているものの、酒の回りもあって実際には何が起こっているのかよくわかっていないだろう。ただの内紛、あるいは町民による暴動とでも思っているかもしれない。

「ザイン様、ギルニス様。これより廃位要求を行いたいと思います」

　カルディエムの言葉にザインは頷き、ギルニスは目を閃かせながらそれぞれ黒い豹に姿を変えた。

　――なんて立派なんだろう……。

　肉食獣を近くで見るのははじめてだ。バザールで行われた見世物でもここまで大きな猛獣は出てこなかった。

　二頭の豹は低く唸りながらカルディエムの左右をそれぞれ陣取る。歴史の生き証人として、そして獰《どう》猛《もう》なボディガードとして、行動をともにしてくれるのだろう。

カルディエムと二頭が中庭に戻る。

マハムが銅鑼を打ち鳴らすと、その場にいた全員がいっせいに動きを止めた。

「ヒィッ」

黒豹に気づいたハッサムが甲高い悲鳴を上げる。

その横でジャミールが大きく目を見開いた。

「な、何の真似だ。カルディエム」

「罪なく死んでいった多くの同胞、今なお苦しめられているすべてのものたちに代わって中し上げます。我々は、あなたの廃位とすべての権利の永久放棄、そして今後いかなることがあってもそれを求めないことへの誓いを要求します」

「貴様、何を言ってるかわかって……ヒィッ！」

ハッサムが横から口を挟んだ瞬間、ザインが牙を剝き出しにする。

今にも飛びかからんとする黒豹に恐れをなしたのか、それまでの威勢もどこへやら、ハッサムは一目散にゲルヘム兵の後ろに逃げこんだ。

「今すぐご理解いただければ、これ以上は武力行使をしないとお約束しましょう」

「ふざけるな。おまえごときがこの俺に命令だと？誰に口をきいてると思ってる」

「よろしいのですか。ひとたび戦闘になれば我々は徹底的にあなたを追い詰めることになります」

「神官ごときが何を戯言《ざれごと》を。おまえに何ができる。やれるものならやってみろ」

フンと鼻を鳴らすジャミールに、今度はギルニスが「シャーッ！」と身体を膨らませた。

なおも引こうとしない王を見て、カルディエムはついに取るべき道を決めたようだ。彼はまっすぐにジャミールを睨めつけ、力強く宣言した。

「よろしい。ならば、革命を！」

　カルディエムが腕をふり上げたのを合図に連合軍は全員獣化し、鋭い爪や牙を駆使してゲルヘム軍に襲いかかる。その勢いたるや凄まじく、戦闘の激しさにユリアスは目を瞠るばかりだ。

　ジャミールも負けじと応戦を指示したが、彼が望むような展開にはならなかった。

「な、何をしている。さっさと蹴散らせ！」

　それもそのはず。

　王に絶対服従のはずの近衛兵が、護衛が、侍従たちが、いっせいにゲルヘム軍に襲いかかったのだ。臣下が自分に牙を剝いたという事実をジャミールはすぐには飲みこめなかったようだ。

「お…、おまえら何のつもりだ！　この俺に逆らうのか！」

　王の周囲には、いつも腰巾着のようにくっついている少数の取り巻きがいるだけだ。ハッサムはオロオロとするばかりでまるで役に立ちそうもない。

　それ以外の人間すべてがカルディエムの側についた事実をようやくのことで理解したジャミールは、憤怒に顔を真っ赤にした。

「くっそ……神官の分際で小賢《こざか》しい真似を……！」

「ジャミール様、お逃げください。おまえたち！」

　いよいよ追い詰められたと悟ったハッサムが、近くにあった酒瓶を手に取るなり辺りに撒き散らす。不意を取られた連合軍は頭からアルコールを浴びて一瞬怯《ひる》んだ。

　その隙を突いてジャミールが踵を返す。

「逃がすな！」

「させるか！」

　すぐさま人型に戻ったザインとギルニスが自らの隊をふり返った。

「ローゼンリヒトは城内を押さえろ。アドレアはやつらを追う。急げ！」

「城門へはこちらが近道です」

カルディエムがザインたちを案内する。

アドレア軍が通過するなり中庭の門が閉じられた。あとはローゼンリヒト軍が近衛兵とともに、残ったゲルヘム軍を駆逐してくれるのを期待しよう。

城門に向かう一行とはこれから一蓮托生《いちれんたくしょう》になる。地の利がある分、自分も役に立てることがあるかもしれない。ユリアスは胸を高鳴らせながら遅れまいとついていった。

ようやく城門の手前まで来たところで、ジャミールたちが馬に乗って勢いよく出ていくのが見えた。こうなることは想定内だ。マハムが予備の馬を別のところに隠しておいてくれている。

「馬がいない！」

けれど、待っていたのは空になった厩舎だった。近衛兵が管理していた馬たちまでジャミールは毟り取って行ったらしい。

「諦めるのはまだ早い。スワイド、彼らに馬を借りてください」

カルディエムが城門の向こうを指す。

そこにいたのは斧《おの》や鍬《くわ》などを手にした村人たちだ。危ないから外に出ないよう話してあったはずだが、それでもこの一大事にじっとしていられず駆けつけてきたのだろう。

スワイドが訳を話すと、男たちはよろこんで馬を譲ってくれた。

「儂《わし》らの馬で良ければ使ってくだせぇ。カルディエム様に乗ってもらえるなら名誉なことだ」

「これでジャミール王を捕まえてくだせぇ。俺たちの仇を討ってくだせぇ」

「感謝します。革命成功の折りには必ずやこの恩に報います」

カルディエムが勢いよく黒馬に跨《また》がる。

ユリアスも「よろしくね」と馬の首を撫でて落ち着かせると、勢いをつけて跨がった。昔馬の世話をしていた頃の記憶が鮮やかに蘇る。

　カルディエムは一同が騎乗したのを確認し、残る仲間に声をかけた。

「スワイド、村の人たちを頼みます。シドとエルーガ、ユリアスは私とともに」

「はっ」

「はい」

「では、いざ！」

　カルディエムが馬の腹を一蹴りし、猛然と追跡がはじまった。

　龍人たちは馬で、獣人たちは獣の姿となって逃亡者を追いかける。ジャミールの姿はすでに見えなくなっていたが、蹄《ひづめ》の跡と土煙が彼らの行き先を教えてくれた。一直線に伸びた足跡は東へと向いている。やはりサン・シットを目指しているようだ。

　そうしてどれくらい走っただろうか。

　総司令官として先頭を走っていたザインが不意にスピードをゆるめたかと思うと、隊を止め、人間の姿に戻った。そのままこちらに近づいてくる。作戦会議をするのだろう。

　カルディエムも馬を下りてそれを迎える。

「逃走先は想定どおりサン・シットで間違いない。ルートからいって最も近い第二の門を目指しているものと思われる。……カルディエム殿、国境封鎖は」

「手は打ってあります」

　ザインは頷くと、鋭い眼差しで一同を見回した。

「やつらはサン・シットには入れない。それに気づいて間もなく進路を変えるだろう。そうなった時が叩き時だ」

　ごくりと喉が鳴る。

　ザインは表情ひとつ変えずに各隊の隊長に指示を飛ばした。

「隊をふたつに分ける。片方は北側から追いこんで南下を誘い、もう片方はこのまま西側から挟み撃ちにする。そこで王を討ち取るか、それとももう一度廃位を問うかはカルディエム殿次第だ」

「できるだけ平和的な解決を望みます。最後にもう一度だけ、王にチャンスを」

「わかった。では、我々はやつらを潰さず南に誘導しよう。この先に海がある。そこでいいか」

「お願いします」

　話がまとまるなり、迂回隊の獣人たちはすぐさま夜の森へと飛びこんでいく。ザインも残った部隊を引き連れて北東を目指し駆け出していった。

「ユリアス。私たちは一足先に海へ」

「はい」

　革命軍を従えたカルディエムが馬の鼻面を南へ向ける。そこでジャミールたちを待ち構える算段だ。

　しばらく走ると、遠くから灯が近づいてくるのが見えた。

「あれは」

「いよいよです」

　国境が閉ざされ、さらにはアドレア軍に挟み撃ちされていることに気づいたジャミール一行が慌てて海へと逃れようとしているのだ。そこで体勢を立て直すつもりだろう。

　だが、よく見れば人数をだいぶ減らしたようで、逃げ出した時の三分の一ほどしか残っていない。

　闇雲に走り回ったせいで馬も疲弊し、それを操るジャミールたちも疲労困憊《こんぱい》といったふうだ。しこたま酒を飲んでいたせいもあるだろう。革命軍の布陣に驚き、馬を止めた彼らの中にはもはや手綱を握る力もなく馬上から滑り落ちるもの、ふるえ出すもの、恐怖に吐き戻すものなど様々だった。

「おのれ……カルディエム……！」

　ジャミールが忌々しそうに怒声を上げる。

「ジャミール様に逆らうつもりか！　奴隷ごときにのぼせ上がったエセ神官め！」

　一緒になって捲し立てたハッサムだったが、後ろから追っ手が迫っていることに気づいて「ヒッ」と金切り声を上げた。

「ジャミール様。ア、アドレアが……！」

「クソッ！　どこまでも忌々しい輩め」

「ひとまず体勢を立て直しましょう。軍と分断されては話になりません。ここは海へ……」

「お待ちなさい」

　カルディエムが冷静な声で割って入る。

「いつまでそうやって自分勝手に振る舞うおつもりですか。あなた方がやってきたことは、暴力と恐怖によって人々を従わせることだけだった。この国の文化や産業を破壊し、教育や医療を滅茶苦茶にし、挙げ句多くの命を奪った。それがどれだけ人々を傷つけ、苦しめていたか——あなたの支持者はそこにいるだけです。多くの人間が我々革命軍についた事実を噛み締め、そして猛省なさるべきだ」

「城の人間が寝返ったのはおまえのせいだ。おまえが神官として従わせなかったから……！」

「神は、正しい行いをするものにこそ光を与える。人の命を塵《ちり》とも思わないあなたを、神が省みられるはずはありません」

「なんだと！」

「ジャミール様」

　カルディエムは強い口調で二の句を奪うと、静かに最後の手を差し伸べた。

「今こそ悔い改め、自ら玉座を下りる時です。権力のために命まで危険に晒すことはありません」

「断る！　おまえになど屈すると思うな！」

　ジャミールはそう言い捨てると龍に姿を変える。彼はここまでついてきた取り巻きたちを一度もふり返ることなく、ひとり海に飛びこんだ。自分だけが助かろうという魂胆だ。

「ジャ、ジャミール様ぁ……！」

ハッサムたちは気の毒なほど狼狽える。それでも「王をひとりにするわけにはいかない」と決意した彼らは次々獣化し、後を追った。

　だがその数は半分にも満たず、ウロウロと迷い続けるもの、がっくり項垂れるもの、諦めて投降するものまで現れる。彼らがまとまりを欠いたのも実は無理のない話だった。

　以前、本で読んだことがある。

　ゲルヘム沿岸の中でもこの海域は特に潮の流れが速く、いくら泳ぎが得意な龍人であってもかなりの危険が伴う場所だと。

　だからこそカルディエムは最後の投降場所としてここを選んだのだ。いくら追いこまれたとしても、酔っ払った状態でこの海に入るなど狂気の沙汰だ。

　ハラハラしながらカルディエムの横顔を見上げたユリアスは、けれど彼の瞳に冷酷な光が宿っていることに気づいてギクッとなった。

反省など微塵もなく、それどころか、命を懸けてついてきてくれた家臣さえ見捨ててひとりだけ海に逃れたジャミールの性根が心底許せないのだろう。

　彼は無言で波打ち際に膝をつくと、海に向かって右手を伸ばした。

　一同は固唾を呑んで成り行きを見守る。

　水に触れたカルディエムの右手がうっすらと光を放ちはじめたのを見た瞬間、ユリアスは「あっ」と声を上げそうになった。あれが龍人が持つという、水を自在に操る不思議な力か。

「奪われた多くの命の恨み！」

　カルディエムが素早く右手で円を描く。

「……！」

　するとどうだろう。たちまち海水はうねりを上げ、まるでそれ自体が生きもののようにのたうちながらあっという間に渦潮となった。

　泳いでいたジャミールたちは波を避《よ》ける間もなく

巻きこまれ、見る間に呑みこまれていく。しばらくして、彼らが遠くで浮き上がるのを見てユリアスは驚きに目を瞠った。

「すごい……」

まるで魔法だ。ひとたまりもない。

それでもカルディエムは手をゆるめることなく、今度はシドとエルーガを呼び寄せると、三人で息を合わせてさらに強い光を作りはじめた。なるほど、そうやって威力を増幅させることもできるのだ。

「失われた多くの文化の恨み！」

三人は沖に浮かぶ王に狙いを定め、大きく左右に手を揺らす。

すると今度は、大蛇が海上を滑るかのように水の流れが蛇行した。くり返し右に左にと揺さぶられ、ジャミールたちはどうすることもできない。彼らは衝撃を躱《かわ》すため我先にと水中に潜っていった。

今頃、強い海流に摑まって自由が利かなくなっているだろう。ただでさえ潮の流れが速いのに、攻撃まで受けて泳ぎ続けるなんて無理だ。体力が尽きてしまう前に投降するしか術はない。

――でも、あの人が投降なんてするだろうか。

けれど、そうしなければ死んでしまう。

嫌な予感が過ったその時、突如海の水がザアッと引いた。

「……え？」

何事かと思っているうちに海面がゆっくりと盛り上がる。それは瞬く間に水の壁となって迫り上がり、陸にいたカルディエムたちに襲いかかった。

「カルディエム様！」

あっという間の出来事だった。

大波に呑みこまれた三人の姿が一瞬にして消える。

ジャミールが反撃してきたのだ。あれだけの攻撃を受けておきながら、尋常ではないほどの力で。

「カルディエム様！　カルディエム様！」

「危ない、ユリアス。おまえまで呑まれちまう」

駆け寄ろうとしたのを革命軍に引き戻される。

「でも…、でも、カルディエム様が！」

こうしている間にも夜の波はカルディエムたちを沖へと攫《さら》っていく。それは同時に、ジャミールの逃亡を許すことでもあった。

――――そんなのダメだ……！

カルディエム様たちを助けなくては。

革命を成功させなくては。

胸の奥から熱いものがこみ上げた。

奴隷として蔑まれ、エトランゼと罵られ、誰からも必要とされなかった自分は、彼のおかげで生まれ変わった。眠っていた力を目覚めさせ、〈七色の龍〉となることもできた。

ならば今こそ、その特別な力を使う時だ。うまくできるかどうかわからないけれど、やらなかったらきっと一生後悔する。


ユリアスは意を決し、花嫁衣装の帯に括りつけておいたカルディエムの鱗を手に取った。首から提げていては見つかって取り上げられるかもしれないと見えないところに隠しておいたのだ。

だが、いざ獣化しようと頭に鱗を近づけたその時、海の中から何かが這い上がってくるのが見えた。

「え？」

龍になったカルディエムだ。シドたちもいる。

「カルディエム様。よくぞご無事で……！」

慌てて駆け寄ると、カルディエムはすぐに獣化を解いた。

「心配させてしまいましたね。ですが、我々は水の中でも獣化できますので。……それよりユリアス、それは」

カルディエムは目敏く鱗を見つけ、首をふる。

「いけません。あなたの身に何が起こるかわからない。知っているでしょう、それで命を落とした龍人もいたことを」

「ですが、力を使わなければ逃げられてしまいます。せっかくここまで追い詰めたのに」

「彼らがこの流れを泳ぎきれるとは思えない。あれは完全なる自殺行為です」

「でも、もしかしたらうまくいくかもしれません。そうしたらさらなる報復行為に怯えて暮らすことになります。ここで王が溺れ死ぬのを後味悪く見守るか、報復を待つか……そんなの、どっちも望んではいないでしょう？」

カルディエムが言葉を呑んだ。力を使うべきだということは彼にだってわかっている。だからこそ言い出せないのだ。

ユリアスは大きく息を吸いこみ、まっすぐにカルディエムを見上げた。

「これは、ぼくにしかできないことです。ぼくは、それを誇りに思います」

「ユリアス」

「〈七色の龍〉として皆さんの役に立ちたいんです。それがきっと、この力を持って生まれてきたぼくの宿命だと思うから」

小刻みに揺れていた緑青の瞳に力がこもる。

カルディエムが口を開きかけた、その時だった。

「ユリアス！　危ない！」

「え？」

ビュッ！　という音が空を切り裂く。

波の向こうから無数の光が飛んでくるのが見えた。

「な…」

「伏せて！」

カルディエムが覆い被さってくる。その背中に、容赦なく光の矢が突き刺さった。よく見れば水だ。勢いよく噴射された水が刃のようにふたりを襲う。

「……く、っ……！」

「カルディエム様！」

ジャミールたちには指一本触れさせないと誓ったとおり、カルディエムは自分を盾にしてユリアスを守ってくれた。

だがそれは、彼の身を削るのと同じことだ。

「カルディエム様。いけません。背中が傷だらけになってしまいます！」

どんなに声を上げても彼は腕を放そうとしない。

革命軍はシドの指揮によって隊列を組んで反撃をはじめ、沖にいる逃亡者たちを揺さぶった。

だがジャミールたちの攻撃は止《や》まない。ここが正念場だと最後の力をふり絞っているのだろう。水と水との力の応酬はみるみるうちにヒートアップし、さらなる刃がカルディエムの肩を抉った。

「グッ、……！」

「カルディエム様！」

長衣が破け、大量の血が迸《ほとばし》る。

それを見た瞬間、怒りで頭の中が真っ白になった。

「おのれ……カルディエム様に、よくも……っ！」

その瞬間、自分を内側から食い破りそうなほどの爆発的なエネルギーが体中を駆け巡る。夜だというのに周囲は眩しいほどの光に包まれ、気づいた時には獣化していた。

周りからは驚嘆の声が上がり、ジャミールたちの攻撃も止む。皆の視線を背負いながらユリアスはまっすぐに沖を睨んだ。

――おのれ……よくも………！

怒りのあまり、全身の鱗がぶわっと立ち上がった。息をするごとに自分の中で力が練られていくのがわかる。それでも決して感情任せにはならないよう、強く己を律しながらユリアスはゆっくりと深呼吸をした。

カルディエムの本棚で見つけた秘密の本。

はじめて読んだ時は難しくてよくわからなかったけれど、何度も何度もくり返し眺めながらイメージトレーニングに励んできた。今こそ訓練の成果を発揮する時だ。

　ユリアスは鉤爪のついた両手を独特の形に組み合わせ、髭や鬣を靡かせながら目を閉じる。そうして精神を集中させると心の中で呪文を唱えはじめた。

　古い言葉で伝わる長い呪文だ。一度も間違えずに唱えられればその力は外向きに働くが、ひとつでも間違えたり閊《つか》えたりすれば力は己に跳ね返るという。一か八かの挑戦だったが、怖ろしいとは微塵も思わなかった。

　身体中に満ちたエネルギーはやがて両手のひらの間に集まり、それが光の球となる。

　――――カルディエム様の仇。そして、虐げられたすべてのものの恨み……！

　渾身《こんしん》の力をこめて思いきり両腕を突き出した。

　その瞬間、海が左右に割れるほどの激しい疾風が巻き起こる。放たれた光は扇形に広がり、瞬く間に見渡す限りの海面を氷に変えた。

　それは信じられないような光景だった。

　逃亡者は逃れる隙もないまま海水と一緒に氷漬けになる。浜で見守っていた誰もが、ユリアス本人でさえ衝撃のあまり微動だにできないほどだった。

　しばらくして、そろそろと両腕を下ろす。

　その途端、身体から力が抜けてしまい、崩れ落ちそうになるのをカルディエムが支えてくれた。

「ユリアス！　ユリアス、良かった……あなたが無事で本当に良かった……！」

　獣型のままぎゅうっと抱き締められる。覚悟を決めた彼の手がそれでも恐怖にふるえていたことを、自分は生涯忘れないだろう。

　カルディエムが慈しむように額を撫でてくれる。頬を、角を、長い髭を何度も何度も撫でてもらって、ほっとするうちにいつの間にか獣化も解けた。

「ユリアス」

誇らしげに名を呼ばれ、ユリアスはためらうことなく胸に飛びこむ。抱き締めてもらうのと同じだけの強さでカルディエムの広い背中を抱き返した。

――失わずに済んで本当に良かった……。

思いをこめた抱擁の後、カルディエムがゆっくりと身体を離す。

彼はあらためて海に目をやると、連合軍の兵士たちに号令を出した。

「逃亡者の確保を。ひとり残らず生きたまま捕らえてください」

「はっ！」

男たちは一礼するなり、身動きを封じられたジャミールたちのもとへ氷の上を滑っていく。

まるで湖でスケートをしているようだ。違うのはここが海の上だということと、見渡す限りすべての水が凍っていること、何より人までもが瞬間冷凍されたことだ。氷の下では魚たちがさぞ驚いていることだろう。

兵士たちがやっとのことで切り出した氷とともに戻ってくるのを待って、ユリアスは再び力を使って凍った海を元に戻した。

ついでにジャミールたちの氷も溶かしてやると、彼らは悪態ひとつ吐くことなくヨロヨロとその場にへたりこんだ。死の恐怖に晒されたからか、海に逃げこむ前の威勢などどこかへ吹き飛んでしまったらしい。

逃亡者たちは後ろ手に縛り上げられ、横一列に並べられる。

ほどなくして、中庭でゲルヘム軍の残党の相手を任されたギルニスたちも追いかけてきた。

「ギルニス様。よくぞご無事で」

「あいつら全員、中庭の柱に括りつけてきた。見張りもつけてるから心配すんな。それより、こっちはどんな具合だ」

「すべて捕らえることができました。ザイン様も、ありがとうございました」

「こっちは追いかけ回した程度で碌《ろく》に戦ってもいないがな」

「なら、次の機会があったら暴れる役目はアドレアに譲ろう」

ギルニスがニヤリと笑えば、ザインも眉間に皺を寄せて苦笑する。

「そうならないことを願うばかりだ」

「ハハハ。違いない」

見た目から受ける印象はだいぶ違うけれど、黒豹の獣人同士ということもあってか、ずいぶん意気投合したようだ。

そんなふたりをよそに、エルーガが「カルディエム様」と声をかけた。

「逃亡者たちはどうしますか」

「あらためて問います。処分はその後に」


ジャミールはすっかり毒気を抜かれたのか、目の焦点も合わないほど憔悴《しょうすい》している。そんな王の前に立つと、カルディエムは静かに口を開いた。

「今一度、我々はあなたに廃位と権利の永久放棄を要求します。あわせて今後、決してそれを求めないことへの約束を。お誓いいただけますか」

「……っ」

ジャミールは悔しそうに唇を噛み、言葉を発することを躊躇していたが、それでもどうにもならないと悟ったのか、長い長い沈黙の後で力なくがっくりと項垂れた。

「……………わかった」

「すべてを放棄し、敗北をお認めになりますね」

「認める」

その瞬間、革命軍から大歓声が上がる。

革命成功の歴史的瞬間に、ユリアスは迷わずカルディエムを見上げた。

彼は頷き、それから連合軍の大将ふたりに一礼し、革命軍の面々を見渡した後でもう一度ユリアスに目を戻す。その顔には万感の思いがこめられていた。

きっと、様々な思いが胸に去来しているだろう。ありとあらゆる屈辱に耐え、悲しみに耐え、悔しさに耐え、圧政に耐えて、やっとやっと摑み取った勝利だ。これ以上のことなんてなかった。

カルディエムは心を落ち着けるように大きくひとつ深呼吸をすると、エルーガから渡された剣を抜き、ジャミールの前で天に掲げる。

「我々はここに宣言する。支配からの解放を。ゲルヘム軍の解散を。そして平和な世界の誕生を」

「おおおおお！」

「カルディエム様、万歳！」

「俺たちのための国、万歳！」

皆が、自分たちの手で誇りを取り戻した夜を祝う。なんて素晴らしい光景だろう。こんな忘れられない夜に立ち会わせてもらえたことを心の底から誇らしく思った。

「ユリアス。おまえにも礼を言わせてくれ」

横から腕を摑んできたのはエルーガだ。

「まさかおまえが〈七色の龍〉だったなんてなぁ。おまえの力がなかったら革命は成功しなかったかもしれない。ありがとう。本当に」

「エルーガさん。そんな……」

「〈七色の龍〉様、万歳！」

「えっ」

驚いて声のした方を見ると、革命軍の面々は顔を見合わせ、それからユリアスに向かっていっせいに最敬礼を捧げた。

「〈七色の龍〉様、万歳！」

「ユリアス様、万歳！」

「そっ、そんな、あの、皆さんそんな……！」

大慌てで敬礼を解くように頼むユリアスを見て、

なぜかエルーガが派手に噴き出す。

「おまえはまったく。もうちょっと堂々としろよ」

「無茶言わないでください、エルーガさん」

「あんなすげぇモン見せられて、落ち着いてろって方が無理だ」

「そ、そんな……」

　なおも続く万歳唱和に半分涙目になりながらカルディエムを見上げると、困ったことに彼もまたくすくすと肩を揺らしていた。

「私も皆と同じ気持ちですよ」

「カルディエム様まで」

「ありがとう、ユリアス。そして……おめでとう」

　引き寄せられ、あたたかい胸に顔を埋める。

　ほっとしたせいか、彼の匂いにどうしようもなく泣きたくなった。「ありがとう」と言ってもらえたことへの誇らしさと、「おめでとう」にこめられたたくさんの意味に胸がふるえる。

　――やっと、生まれた意味を見つけられた。

　呪われたエトランゼと呼ばれた自分が、それでも〈七色の龍〉として与えられた宿命をようやく果たすことができた。

　カルディエムにポンポンと背中を叩かれ、そっと身体を離す。

　彼は一同を見回すと、声高らかに宣言した。

「さぁ、新しい人生のはじまりです。誰にも虐げられることのない、自分のために生きる人生が」

　割れるような拍手が夜空に吸いこまれていく。

　それは大きなうねりとなって、新しい時代のはじまりを告げた。

*

革命によってゲルヘム王ジャミールが捕らえられ、廃位したという衝撃的な報せはゲルヘム国内のみならず、瞬く間に周辺諸国一帯に知れ渡った。

帰還した連合軍がそれぞれの国で詳細を報告したことでその内容はすぐにまとめられ、同盟国であるイシュテヴァルダに共有された。

連合軍の越境を許可してくれたリッテンドルフや、国境封鎖に尽力してくれたサン・シットにも事の次第を報告するとともに、協力への深い感謝を伝えた。

それら事後処理に加え、ジャミールたちの処分や、彼らが逃亡中に荒らした土地や建物の補修などやることが山積みだったせいで、カルディエムはしばらくまともに寝る間もなかったほどだ。

シドは大いに彼を助けたし、ユリアスも雑事を一手に引き受けた。エマはよく夜食を差し入れに来てくれたし、スワイドやエルーガはカルディエムの言葉を城内や村の人たちに伝えたりと献身的に仕えていた。それでも追いつかなかったというのだから、その膨大な仕事量たるや尋常ではない。

こうなるとカルディエムの身体が心配だ。

なにせ革命前はずっと気を張っていたし、それが終わってからも休みなしで働いている。責任感の強い人だけに、自分のことより他を優先させてしまうのだろう。

――ぼくにも何かできたら……。

そんな思いを抱えていたある日、ユリアスは礼拝堂に呼び出された。

これまでも何度か中に入ったことはあるものの、こうして身廊《しんろう》を歩くのははじめてだ。両脇の側廊《そくろう》にはたくさんのロウソクが灯されていて、革命の夜を彷彿とさせた。

――あの夜も、篝火が焚かれていたっけ。

そんなことを思い出しながら足を止めて見入っていると、後ろから声をかけられた。

「ユリアス」

「カルディエム様」

　ふり返れば、いつもどおり黒い聖職衣を着たカルディエムが立っている。だが心なしか表情は硬く、どこか強張っているようにも見えた。

「ここであなたと話すのははじめてですね。疲れているでしょうに、来てくれてありがとう」

「いいえ。ぼくなら大丈夫です」

　その後ろからシドもやってくる。

「あれ？　シドさん」

「彼には、これから話すことの証人になっていただきます」

　どういうことだろう。

　勧められるまま礼拝用の椅子にかけると、カルディエムもそっと隣に腰を下ろした。

「実は、あなたに話しておきたいことがあります。……この国の、未来について」

　そう言って静かに話しはじめる。

「ジャミール王が退位した今、この国は国王不在の状態です。ゴタゴタが落ち着くまではしかたのないことではありますが、いずれ誰かを擁立しなければ国内情勢は不安定になり、どさくさに紛れて犯罪が蔓延《まんえん》する恐れもある。そのためにもできるだけ早く新しい王を立て、ゲルヘムを復興させなくてはなりません」

「おっしゃるとおりです」

「問題は、誰に玉座を預けるか」

「え？　カルディエム様でしょう？」

　きょとんとして訊ねると、彼は首をふった。

「私には負っている役目があります。たとえ聖職を離れたとしても、皆の良き相談相手であり続けたい。私は人々の生の声を吸い上げ、それを国王に伝えて政《まつりごと》に反映していただく……そんな役割を担いたいと思っています」

言われてみれば、それは彼にしかできないことだ。城の人間だけでなく、古くからこの地に住み続けてきたルクシュやラクサの民が心を開いて話すことのできる相手といえばカルディエムが適任だろう。

「そっか……そうですよね。でも残念です。カルディエム様がこの国の王様になったら、きっとみんな大よろこびすると思ったんですが……」

「買い被りすぎですよ。それに、私よりもっと素晴らしい適任者がいます」

「えっ。それはどなたですか？」

彼よりふさわしい人物と聞いて俄然《がぜん》興味が湧く。わくわくと訊ねたユリアスだったが、思いもよらぬ答えに絶句することとなった。

「ユリアス。あなたです」

「………え？」

聞き間違いかと耳を疑う。ぽかんとなったまま、二度、三度と瞬きをした。

「あ…、あの……ぼく、言われたことがよくわからなくて……？」

「あなたに、この国の王位を継いでいただきたいと思っています」

「な……、な……っ……？」

驚きのあまり声がひっくり返る。それは頭を殴られたような衝撃だった。

「何をおっしゃるんです。ぼくはただの奴隷ですよ」

「いいえ。それはもう過去の話」

確かにカルディエムの言うとおり、ゲルヘムでは奴隷解放宣言が発布されることが公表された。

これまで奴隷として囚《とら》われていたものたちは新しい仕事先を斡旋《あっせん》されることになり、奴隷商人や奴隷船には宣言発布後三ヶ月を目処《めど》に国外退去が命じられている。革命後の対外処理をこなしながらも、カルディエムはそうしたことまで着々と手を打っていたのだった。

その彼が次の国王にならないのは残念だけれど、だからといって自分にお鉢が回ってくるというのも違う気がする。

「他に適任の方がたくさんいらっしゃいます。シドさんとか」

そう言った途端、シドが思いきり顔を顰めた。

「俺が聖職者だって忘れたか」

「あっ。……えと、じゃあマハムさんとか、スワイドさんとか、エルーガさんとか、エマさんとか」

「おまえの知っている名前を挙げただけだろう」

「そんなことないです。マハムさんは周りの国との交渉を立派にやり遂げられたじゃないですか。スワイドさんなら村の人たちからの信頼も篤《あつ》いし、エルーガさんならお城の方々の協力が得られます。エマさんならみんなも安心かなって」

「……ユリアス」

カルディエムも何とも言えない顔で苦笑した。

「あなたの言いたいことはわかりますよ。それぞれの良いところがどう役立つか、考えてくださっているのですよね」

元気よく頷く。

それでもカルディエムは首をふるばかりだった。

「それぞれに良いところがあるのは私も充分承知しています。彼らがいなければ今の我々がないだろうということも……。ですが、それとこれとは違う。国王は、国と民を守り導く存在でなければならない。強い求心力が必要なのです」

「強い、求心力……」

口の中でくり返す。人間的な魅力という意味だろうか。

「人々の生きる希望、そのものになれる人物ということですよ」

「そ…、そんな大役を？」

ますます自分なんかに務まるとは思えない。

　とっさに椅子を立ちかけたユリアスを、カルディエムが手を摑んで引き留めた。

「あなたが起こした奇跡を、私たちは生涯忘れることはありません」

「あ…」

「私たちを救ってくれた〈七色の龍〉に、どれだけ勇気づけられたことか……。国を守るために自らの危険も顧みず、他の追随を許さない圧倒的な力で逃亡者らを一網打尽にする姿に胸が熱くなりました。誰もが同じ気持ちだったことはあの時の万歳唱和で感じたでしょう。そんなあなたこそ、皆の心をひとつにできる希有《けう》な存在です」

「で、でも、力を使ったのはあれがはじめてです。たまたまうまくいっただけで……」

「本来であれば、何年もかけて体得するようなもの。あなたにはいきなりの実戦で無理をさせてしまいましたね。加減もわからず大変だったでしょう。ですから今後は、私がその練習相手を務めましょう」

「え？」

「先ほども申し上げたように、私は王を支え、王と民とをつなぐ役目を担いたいと考えています。あなたに王位に就いていただけるなら、私は政務を補佐する宰相として、いつでも傍でお役に立ちますよ。……もちろん、任命していただければの話ですが」

「しますします！　絶対に！　……でも、本当に？」

「ユリアス？」

「元奴隷のぼくなんかを王様にして、カルディエム様は何か言われたりしませんか。傍で助けたりなんかしたら余計に誤解を招いたり……」

　彼の立場が悪くなるのだけは避けたい。皆の心の支えである彼を貶《おとし》めるものになりたくない。

　そう言うと、カルディエムは眉間に皺を寄せながらきっぱりと首をふった。

「それしきのことで、私が信念を曲げるとでも？」

「カルディエム様」

「今こそ神に誓います。私はあなたの命も、心も、生涯全力でお守りします。決してあなたの傍を離れません」

その瞬間、息が止まった。

これではまるで。これではまるで。

――プロポーズみたい……。

心臓がドキドキと鳴った。長らく非日常が続いたせいで胸の奥に押しこめていた気持ちが蘇る。

それでもシドの目があるのだからと、ユリアスはなんとか己を律した。

第一、ここは礼拝堂だ。邪なことを考えているとわかったらカルディエムにも迷惑をかけてしまう。

――あ。

ハッとした。

もしかして……カルディエムはとっくに気づいているのではないだろうか。ユリアスが許されぬ想いを抱いていることを。

だから、礼拝堂を話し合いの場に選んだ。シドも呼んだ。すべてはユリアスが自制心を保てるように。

神官に恋をするなんて許されないと。

――そうだ……。

わかっていたはずなのに、あらためて突きつけられたようで胸がズウンと重苦しくなる。決して傍を離れないと彼は言ってくれたけれど、そこにあるのは使命感なのだ。

――これも、『仕事』だから……？

またも胸がズキンと痛んだ。

夜伽の作法を教えてもらった時もカルディエムは『仕事』だと言っていた。本当に職務に忠実な人だ。

そんな彼が宰相として支えてくれるのなら、膨大な量の政務だろうと、他国との難しい交渉だろうと、何だってできそうな気がしてくる。

それでも、自分たちの間には越えられない一線が引かれたままだ。片や仕事として、此方《こなた》恋愛感情を抱きながら、一生をともに過ごすのだ。

——そんなの……。

嫌だ、と思いかけて、ユリアスは唇を噛んだ。

傍にいるにはこれしかない。この気持ちに蓋をしなければ、一緒にはいられない人なのだから。

そんなユリアスを、もうひとりの自分が止めた。

——王冠は、そんな気持ちで被るものじゃない。

誰かと一緒にいたいからという理由で引き受けるような、そんな軽いものではないはずだ。

どのみち、自分には気持ちを隠しきることなんてできっこない。露呈して彼に迷惑をかける前に辞退するのがお互いのためだ。

——それなのに……。

頭では理解していても浅ましく心は揺れる。苦しむとわかっていても、わずかな縁に手を伸ばしてしまいそうになる。


知らぬ間に俯いていたのだろう。やさしく二の腕を叩かれ、ユリアスはハッと顔を上げた。

「悩ませてしまいましたね」

「あ…」

カルディエムが労るように目を細める。

「それだけ真剣に考えてくださったのですね。すぐに答えは出ないでしょうから、ゆっくりとご自分の気持ちに向き合ってみてください」

彼はやさしく微笑むと、この話はこれで終わりというように立ち上がった。

祭壇に置かれた十字架が夕日を浴びて金色に輝き、すべてを呑みこもうとしている。自分など罪深さに真っ先に灼《や》かれてしまいそうだ。

彼の期待に応えたい。

けれど想いは届かない。

カルディエムの目も、十字架も、見つめることができずにユリアスは俯くしかなかった。

あなたに王位を継いでいただきたい――。

それからというもの、寝ても覚めてもカルディエムのことばかり考える日々が続いた。

期待に応えたいのと同じ分だけ断る口実を探していると知ったら彼は何と言うだろう。がっかりするのが目に浮かんだ。

「それでも、迷惑にだけはなりたくない」

城の隅で蹲り、ユリアスは重いため息をつく。

いつものように離れに行くことはできず、さりとて自分の部屋を与えられていないユリアスは行く当てもなく、できるだけ人目につかないところで小さくなっている。

――いつまでもこうしてはいられないのに。

いつかは結論を出さなければならない。そしてそれは早晩求められるだろう。

カルディエムの期待に応えて国王となり、自らの心を滅するか。

それとも恩人である彼の申し出を断って城を去り、生涯ひっそりと想い続けるか。

「どっちも選べないよ……」

膝を抱え、じわっとあふれる涙をこらえた時だ。

「どうした。こんなところで」

顔を上げると、、礼拝の帰りと思しきシドが立っていた。ユリアスを見るなり何か察したのか、黙って隣に腰を下ろしてくる。

「何を迷うことがある。あの方がついていてくださるなら百人力だぞ」

前置きもなく本題に切りこまれてビクッとなった。あまりに狼狽えたせいだろうか、シドが怪訝な顔になる。

「どうした。そのことで悩んでたんじゃないのか」

「そ…、そのとおりです」

「それなら何を今さら迷う必要がある」

「だって……ぼくじゃダメだから」

カルディエムが宰相としてついていてくれれば、きっとこの国を平和な国に生まれ変わらせることができるだろう。

周辺諸国とも良い関係を築き、失った信頼を取り戻す。そのために東奔西走する自分たちの姿が目に浮かぶようだ。忙しくも誇らしい、それは素晴らしい日々だろう。

けれど。

―――あなたの命も、心も、生涯全力でお守りします。

彼の言葉を思い出すたびに胸がふるえる。心がふるえる。そこに愛が宿っているように思えてたまらなくなる。

自分はいつからこんなに我儘になってしまったのだろう。奴隷として蔑まれていた時は何をされても平気だったのに。もう愛を知らない頃には戻れない。心を殺してなんて生きていけない。

くしゃくしゃと髪を掻き混ぜられ、驚いて顔を上げると苦笑するシドと目が合った。

「おまえは……。そこまで思い詰めるくらいなら、いっそすべて打ち明けたらどうだ」

「え？」

「俺には、恋煩いを拗《こじ》らせたように見えるんだが。違うか？」

「……っ」

狼狽えるあまり弾かれたように立ち上がり、その拍子によろめいて近くの柱に肩をぶつけた。まさか、そんなことを言われるとは思いもしなかった。

「ちっ、違います。そんなんじゃないです。全然、だ、大丈夫ですから」

「それのどこが大丈夫なんだ」

シドが呆れたように顔を顰める。

「気づかれてないとでも思っていたのか？　言っておくが、おまえがカルディエム様を慕っていることはみんな知ってる。スワイドもエルーガも、マハムもエマも、それに侍女たちもな。おまえを見ていればすぐにわかる。……それがただの親愛の情ではないことも」

「そ…、そんな……どうしよう……」

　身体から一気に力が抜け、ユリアスはへなへなとその場に蹲った。

「そう落ちこむな」

「だって」

　叶わぬ恋だ。迷惑にこそなれ、決して受け入れてもらえるものではないことぐらいユリアスにだってわかっている。だから秘密のつもりだったのに。

　――まさか、みんな知っていたなんて。

　これが落ちこまずにいられようか。

顔を覆うユリアスに、シドは苦笑で応えた。

「人間にとって大切なものは何かわかるか。答えは人によって様々だ。金と答えるものもいるだろうし、地位や名誉と言うものもいるだろう。家族や友人、仲間や信仰、あるいは……愛」

　思わず息を呑む。ビクリとふるえた肩を、シドがぽんぽんと叩いてくれた。

「カルディエム様は、おまえが〈七色の龍〉だから大事にするとおっしゃったわけではない。おまえだからだ。そうでなければ、誰が生涯傍にいるなどと言えるものか。俺の言う意味がわかるか」

　ユリアスは首をふる。

　シドは小さく苦笑した後で、肩に乗せていた手で励ますように背中を叩いた。

「さて、俺にできるのはここまでだ。後はおまえ次第だな。今すぐカルディエム様のところへ行って話をしてこい。悪いようにはならないから」

　もう一度首をふったものの、シドは今度は許してくれなかった。

「早く行け」と追い立てられ、しかたなく重たい足取りで離れに向かう。とぼとぼと歩く道すがら何と言って切り出そうかと途方に暮れた。何を言っても失望されてしまいそうで怖かったのだ。

――嫌われたくない……せめて。

立ち止まり、胸に手を当てながら自分の気持ちに正直に向き合う。

好かれなくてもいい。

でも、嫌いとだけは思われたくない。

自分は弱い生きものだ。自分のことしか考えられない。この気持ちを自分から切り離せない。それほどにカルディエムの存在は大きくなってしまった。

邪な想いを抱えたまま国を背負って迷惑をかけるくらいなら、いっそすべてから身を引こう。そうすることが国のためにも、そして聖職者である彼のためにもなるはずだから。


「そうだよね……それしか、ないんだよね」

ユリアスは自分の心に整理をつけると、意を決して離れのドアの前に立った。ここに来るのもこれが最後だと思うと扉の些細な傷さえ愛おしい。

ノックの応えを受けてドアを開けると、カルディエムは書類に目を通していたところだったようで、夜遅くの来訪にもかかわらず快くユリアスを迎えてくれた。

「おや、ずいぶん思い詰めた顔をしているようだ。気になることでもありましたか」

こんな時でも彼は鋭い。目を見るや何もかも見通してしまう。それがこれまではうれしかったのに、今は胸がズキンと痛んだ。

中に入ったユリアスは、カルディエムに向かって身体を折り畳むように頭を下げる。

「お詫びに来ました。王位継承のお話は、なかったことにしてください」

彼がハッとするのが気配でわかった。

申し訳なさに身を固くしたまま、どれくらいそうしていただろう。そっと肩に手を添えられてユリアスは驚きに顔を上げた。

「やっとこちらを見てくれましたね」

「カルディエム様」

「どうしても決心は変わりませんか。あなたのような心根の美しい人ならば、この国を立て直す希望の光として尊敬される王になるはずです」

カルディエムがまっすぐにこちらを見る。

本心からそう言ってくれているとわかるからこそ、期待に応えられない自分が情けなかった。同時に、罪悪感をも上回るほどの醜いエゴが湧き上がる。

――離れたくない。傍にいたい。愛されたい。

己の浅ましさにユリアスはぎゅっと唇を噛んだ。心根の美しさなど微塵もない。私利私欲に塗《まみ》れているだけだ。

心がバラバラになりそうな痛みをこらえながら、ユリアスは思いを吐き出した。

「ぼくは、自分勝手な人間です。王様の資格なんてありません」

縋るものを求めて着ていた長衣をぎゅっと握る。

「自分のことしか考えていない、心の狭い人間なんです。狡《ずる》くて醜い生きものです。カルディエム様の前に立つことすら、本当は許されない人間です」

「ユリアス」

厳しい口調で名を呼ばれる。

左右の肩に手を置かれ、顔を覗きこむように首をふられて、いっそう惨めさがこみ上げた。

「もう、そんなふうにやさしくしないでください。ぼくにはもったいないです」

「どうしたのですか。あなたらしくもない」

「いいえ、カルディエム様。これがぼくです。この弱い人間がぼくなのです」

エトランゼであることを受け入れてもらった時も、〈七色の龍〉だとわかった時も、いつもありのままの自分を認めてもらったと思っていた。何もかもを曝《さら》け出したつもりでいた。

けれどこうなってみてはじめて、本当の気持ちは見せたことがなかったと気づく。誰かに本心を明け渡すのがこんなに怖いだなんて知らなかった。

やり場のない恋心に押し出されるようにして涙がぽろぽろ頬を伝う。気まずい思いをさせたくなくて、ユリアスは手の甲で乱暴に涙を拭った。

「ごめ…っ、な、さい……こんな、みっともな、い……こと、して……」

「ユリアス」

力尽くで腕を引かれ、強く強く抱き寄せられる。

いけないとわかっていても心がふるえた。身体が、頬が、睫毛の先が、カルディエムのあたたかな胸の感触をこんなにもはっきりと覚えている。

「お願いです。どうかこれ以上、私の大切なあなたを傷つけないで」

息もできないくらい抱き締められて、うれしくてまた涙が出た。このまま時が止まってしまえばいいのに。そうしたらずっと一緒にいられるのに。

どれくらい腕の中で泣いていただろう。

昂った気持ちが少しずつ落ち着いていくうちに、ユリアスは我に返って青ざめた。

「も、申し訳ありません！」

慌てて身を引こうとしたものの、カルディエムは腕の力をゆるめようとしない。それどころかさらに強い力で抱き締めてきた。

「カルディエム様」

「行かせない。今この手を離したら二度とあなたを取り戻せなくなる」

決意のこもった低い声。

大きな手に後頭部を押さえられ、胸に押し当てる

ようにされて、彼の鼓動に胸を打たれた。

「あなたは自分のことを、狡くて醜い生きものだと言いましたね。そんなあなたが本当の私を知ったらどんなに驚くでしょう。あなたの何倍も狡くて醜い人間なのに」

「そんなことない！　そんなことありません！」

「聖職者でありながら、禁を破ることばかり考えていると言っても？」

「え……？」

どういう意味だろう。

腕を解いたカルディエムに近くの椅子を勧められ、並んで腰かける。彼は遠くを見るような目で静かに語りはじめた。

「神に仕える人間は、俗世の欲を捨てなければなりません。信仰は私自身の一部であり、戒律に疑問を抱いたこともありませんでした。――あなたに、出会うまでは」

「……っ」

「はじめてあなたに会った時、あなたは夜伽が何であるかも知らずに無邪気に笑っていましたね。なんと無垢《むく》なのだろうと驚きました。奴隷として各地を転々としたにもかかわらず、こんなにも穢れのない心があるのかと」

カルディエムは懐かしそうに目を細める。

「あなたに勉強を教えるのはとても楽しかった。素直に懐いてくるあなたはとてもかわいらしくて……。新しいことを次々に吸収していく姿を見守ることは私にとって何よりのよろこびでした」

名を与え、知識を与え、伽の訓練までさせるうちにユリアスを守らなければという思いが高まった。限られた世界しか知らず、生も死も等価値のようなこの少年を何とかして生かし続けなければと使命感のようなものが湧き上がったという。

「それでも、その気持ちは庇護《ひご》欲のようなものだと思っていたのです。あなたから見れば私は十も年上の、王に飼い殺しにされた神官に過ぎない。何より、あなたは最初から王のものだった。近づくことなど許されないと自分に言い聞かせていました」

「あ……」

　どうしてだろう。自分に都合のいいように聞こえてしまう。

　ふわふわした心地で見上げると、カルディエムは困ったように微笑んだ。

「それなのにおかしいでしょう。あなたに伽の命《めい》が下った時、『渡したくない』という思いが自分の中に芽生えました。自分でも驚くほどの強い気持ちが。……今ならそれが独占欲だったとはっきりわかる。私は俗世を捨てるべき立場でありながら、最も強くそれに執着していたのです」

「カルディエム様……」

　驚きのあまり声が掠れる。

　カルディエムは呼吸を整えると、居住まいを正し、まっすぐにユリアスを見つめた。

「すべてが終わったらあなたに聞いてほしいことがあると言ったことがありましたね。それを今、聞いていただけますか」

　真剣な声に心臓が跳ねる。緊張さえ分かち合おうとするかのように大きな手が伸びてきて、ユリアスの手をそっと握った。

「私は、あなたを愛しています。ひとりの男として、たったひとりのあなたを」

　その瞬間、息が止まった。

　周りの音など聞こえなくなる。

　――カルディエム様が、ぼく…、を……？

「他の誰にも渡したくない。今すぐ私のものになると言ってほしい」

　グイと手を引かれ、横から肩を抱き寄せられて、心臓がバクバクと早鐘を打ちはじめた。

———こんなことが。こんなことがあるなんて。

こんな夢のようなことが、ぼくの身に。

信じられない思いと、信じたい気持ちで頭の中がぐちゃぐちゃになる。これが夢なら醒めないでほしい。どうかずっと続いてほしい。

確かめるように上目遣いに見上げると、熱を帯びた緑青の瞳がまっすぐに自分を見つめていた。

「ほん、とに……？」

「ええ。本当です」

「ぼくを？」

「ユリアス。あなたを」

「……っ」

どうしてだろう。うれしくてたまらないのに声を上げて泣きたくなる。何度も何度も確かめたくなる。カルディエムに言われたのと同じ気持ちだ。彼を誰にも渡したくない。自分だけのものになると言ってほしい。

ユリアスは心を決め、まっすぐに愛しい人の目を見上げた。

「ぼくも……ぼくも、はじめてお会いした時から、カルディエム様を」

「ユリアス。本当に？」

カルディエムが目を瞠る。一言も聞き洩らすまいと耳を欹《そばだ》てる彼に、ユリアスは万感の思いをこめて打ち明けた。

「カルディエム様を心からお慕いしています。ぼくをあなたのものにしてください」

「ユリアス……！」

感嘆の声とともにあたたかな胸に引き寄せられる。今度こそ息もできないくらい強く強く、彼の想いを思い知らされるほどに強く抱き締められ、そのまま溶けてしまうかと思った。

「愛しています。ユリアス。あなただけを」

「ぼくも愛しています。カルディエム様だけを」

宝物を慈しむようにそっと両側から頬を包まれる。触れたところからカルディエムの愛情が染みこんでくるようだ。やさしい指先。あたたかな手のひら。そのすべてが今ここにある。

よろこびに胸をふるわせながら目を閉じると、すぐに唇が重なってきた。

しっとりとやわらかな唇が押し当てられ、離れていき、また感触を確かめるようにして触れてくる。啄《ついば》むようにされたかと思えばやさしく吸われ、想いを受け渡すようにまた塞がれた。

――――カルディエム様と、キス、してる……。

胸がドキドキして壊れそうだ。心臓は鳴りすぎると痛いとはじめて知った。

ずっと、自分ひとりの恋だと思っていた。求めてはいけないと思っていた。こんな日が来るなんて、まるで思いもしなかったのだ。

――――あっ……。

唐突に現実に引き戻され、ユリアスは身体を離す。

「どうしました」

至近距離で問うカルディエムに言うべきかどうか一瞬迷った。それでも不安をそのままにすることはできず、思いきって言葉にする。

「ぼくに触れることは、カルディエム様が大切にされている戒律に反するのではありませんか」

カルディエムは目を伏せ、静かに頷いた。

「確かに、神官として許される行為ではありません。だが、あなたを愛することはもはや私の一部です。切り離すことなどできない。そしてそれはよろこびでもあるのです。あなたのおかげで私は変わった。愛するよろこびを教えていただきました」

とうに還俗《けんぞく》する覚悟を決めていたと聞いて心臓がぎゅっと縮み上がる。

「そんな。ぼくのせいで……」

「いいえ。私自身が決めたことです。私は後悔などしていませんよ」

「でも、カルディエム様」

「私はこれまで神官として生きてきました。これからはあなたの伴侶として生きていきたい。あなたはそれを許してくださいますか」

「……！」

　息を呑んだ。

　いくら自分でも、伴侶というのが生涯添い遂げる人だということぐらいわかる。そんな大切なたったひとりに自分を選んでくれるなんて。

「ぼくで、いいんですか」

「あなたでなければ」

　力強い言葉とともにカルディエムが頷く。

「私は、あなたの命も、心も、生涯全力でお守りしますと神とあなたに誓いましたね」

「はい。すごくうれしかった……まるでプロポーズみたいで……」

「そのつもりでしたから」

「えっ」

「それなのに、あなたはまるきり勘違いをして」

「ええっ。そんな……そうだったんですか」

「そうだったのですよ」

「それはその…、えと、ごめんなさい………」

　なんということだ。全力で逆方向に思い詰めていたなんて。それすらもお見通しだったなんて。

　じわじわとこみ上げる羞恥に頭を抱えるユリアスを見て、カルディエムが「ふふふ」と笑う。その朗らかな笑顔を見ていたら気持ちも軽くなってきて、ユリアスも一緒になって笑ってしまった。

　どんなに大変なことも過ぎてしまえば笑い話だ。カルディエムとなら、どんなことでもこうして乗り越えていけるだろう。

　ひとしきり笑った後で、ポンと背中を叩かれた。まるで「一緒に前に進もう」というように。

「ユリアス。あらためて言います。ふたりでこの国を立て直しませんか。あなたのルーツと私の故郷を、私たちの手で」

「カルディエム様……」

それはユリアスが王位に就くということだ。

正直に言えば、まだ畏れ多いという気持ちもある。それでも、カルディエムとなら。この愛とともに未来を作っていけるのなら。

顔を上げ、ユリアスは力強く頷いた。

「ぼくで良ければ、よろこんで」

「ありがとう。……ユリアス、私の最愛。私の伴侶。私の誇り。私のすべて」

もう一度唇が近づいてくる。

愛と決意の証を受け止めるべく、ユリアスは万感の思いで瞼を閉じた。


「ん…、んっ……」

仄暗い寝室に甘やかな声がこぼれては落ちる。

窓から差しこむ月の光が、寝台に横たわるユリアスの艶めかしい白肌を浮き立たせていた。

すでに着ていたものは床に落とされ、生まれたままの姿をカルディエムの前に晒している。それが恥ずかしくてたまらないのに、彼は隠すことも、ましてやシーツを被ることなど許さなかった。

——私のあなたをすべて見せて。

そんなふうに言われてしまえばユリアスに拒めるわけがない。耳に吹きこまれた声はいつもより低く掠れていて、彼もまた想いを募らせてくれているのだと伝わってきた。

——早くカルディエム様のものになりたい。

だから、つい気持ちが逸ってしまう。

そのせいだろうか、身体のあちこちを唇でなぞられるたびじんわりした重苦しい熱が下腹に生まれる。

触れられたところに熾火《おきび》が灯され、そこからじわじわと熱が広がるように身体中が熱くなり、息も胸も苦しくなった。

「ユリアス」

やさしく名を呼ばれ、もう何度目かもわからないくちづけが降る。甘く濡れた唇は、一度触れてしまえば離れていたことを思い出せないほどしっくりと馴染み、ユリアスをとろとろと蕩《とろ》かした。

「……ぅ、んっ……」

大きな手が鳩尾から臍《へそ》を通り、下腹から下生えへと滑り、そしてそこから勃《た》ち上がったユリアス自身に触れてくる。形を確かめるようになぞり上げられ、張り出した先端の丸みを手のひらで包むようにされて我慢できずに声が洩れた。

彼に触れられていると思うだけで全身の血が集まるのが自分でもわかる。花芯からは先走りの滴がとろとろとこぼれ、今にも気をやってしまいそうだ。

そんなユリアスを、カルディエムはゆっくりと、だが確実に追い上げていく。慎ましく秘められていた先端を少しずつ露出させ、先走りのぬめりを借りてくちゅくちゅと擦るようにされると、自分でもおかしいほどに腰が揺れた。

「あっ…、んんっ……」

彼の手によって自分が造り替えられていく。そのすべてを覚えていたいのに、深い快楽の渦の中では息をするだけで精いっぱいだ。

そろそろと目を開けると、カルディエムが慈しむように額にやさしいキスをくれた。

「一度だけ、こうして触れたことがありましたね。あの時は嫉妬で気が狂いそうだった……。こんなにかわいらしいあなたを王に差し出さなければならないのかと」

「カルディエム様が、嫉妬……？」

「私だって嫉妬しますよ。あなたのことに関しては」

驚きに目を丸くすると、それを見たカルディエムははにかむように、けれど強い独占欲を滲ませて唇を塞いできた。

「忘れないで。あなたのすべては私だけのものです。ユーリ」

「ユーリ…？」

「あなたに、ふたりだけの呼び名を」

かつて彼は自分に名を与え、新しい人生のスタートをくれた。そして今、想いを重ねた記念日に愛称までつけてくれるなんて。

「うれしいです。カルディエム様」

首に両腕を回して抱きつくと、彼はくすくすと笑いながらユリアスの頬にキスをくれた。

「さぁ。かわいいあなたをもっと見せて」

再び愛撫《あいぶ》がはじまる。

節くれ立った指に硬く兆した自身を扱かれ、瞬く間に熱はぶり返した。

カルディエムの肩口に額を押し当てたままユリアスはビクビクと腰を揺らす。それが恥ずかしくてしかたないのに我慢なんてできなかった。

二度、三度と扱かれただけですぐに覚えのある波がやってくる。

「あっ、……ぁっ……、あ——」

まるで抗う余裕もなく、ユリアスは思うさま甘い蜜を撒き散らした。

全身から力が抜け、首に回していた両腕もあっという間に滑り落ちる。シーツの海に沈んだユリアスは目を閉じ、はぁはぁと薄い胸を上下させながら目眩く余韻に酔った。

「愛していますよ。ユーリ」

額にやさしいキスが降る。

すぐさまカルディエムの身体が離れていくような気配があり、追いかけるようにして目を開けると、膝立ちになって聖職衣を脱いでいる彼がいた。

「わ…」

その肩幅は広く、鍛えられた厚い胸板が腹筋にきれいに影を落としている。引き締まった脇腹といい、逞しい二の腕といい、およそ自分と同じ男とは思えない。まるで美しい彫像のようだ。

はじめて見るカルディエムの半身にごくりと喉が鳴る。

息を詰めて凝視しているのがよほどおかしかったのか、カルディエムがくすりと苦笑した。

「聖職者も体力勝負ですから」

「す…、素敵です！　とっても！」

胸がドキドキしてたまらなくなる。こんな人が自分の伴侶だなんて。

「でも、あの……もったいなくて直視できません」

これ以上ドキドキしたら心臓が止まってしまうかもしれない。ただでさえ美しいカルディエムに間近に迫られて動揺しているというのに。

そう言うと、カルディエムはおかしそうに噴き出した。

「あなたという人は本当に……。最高の褒め言葉をありがとう」

再び覆い被さってきたカルディエムからそこら中にキスの雨が降る。

「あなたもとてもきれいです。ここも、ここも……全部味わい尽くしたくなる」

「んっ」

「かわいいユーリ。私のユーリ」

左右の手が首筋から胸へと滑り、慎ましく存在を主張していた薄桃色の乳首に触れる。

「……あ、んっ」

それを撫でられ、摘《つま》むようにされて、これまで感じたことのないぞくぞくとした感覚が瞬く間に突き抜けた。

着替えの時など自分で触れても何とも思わなかっ

たのに、カルディエムに触られただけですぐにグズグズになってしまう。巧みに捏ねられ弄《いじ》られるうちに、ユリアスの乳首は赤くぷっくりと膨らみ、さらにさらにと愛撫をねだった。

「な、なんで……こんな……」

「恥ずかしいことではありませんよ。感じているあなたはとてもかわいい」

　おねだりに応えるようにカルディエムが左右の乳首にくちづけてくる。やさしく触れたかと思うと唇で甘噛みし、舌先でくすぐり、さらには強く吸い上げられてユリアスは身悶えるしかなかった。

「カルディエム様……ダ、ダメ……それっ……」

　先端に触れられるたびにビリビリとしたものが下腹に伝う。新しい快感を教えられた胸は、何をされても怖いぐらいに感じた。

　カルディエムに足を大きく左右に開かされ、反り返ったユリアス自身がふるりと揺れる。達したばかりだというのに花芯は再び漲《みなぎ》り、向けられた視線に戦慄《わなな》いた。恥ずかしくてたまらないのにそう考えている余裕もなかった。

　カルディエムはサイドボードから香油の瓶を取り上げ、中身を手のひらに出す。何をするのかと思っていると、彼はそれを指に纏わせ、ユリアスの後ろに忍ばせてきた。

「これからここで、ひとつになります」

　後孔に触れられた途端、全身がビクッとふるえる。

「ダッ、ダメ……そんなところ触らないで……き、汚い、から……」

「あなたの身体で汚いところなんてありません」

　きっぱりと言いきったカルディエムが足の間に身体を割りこませてくる。左手で自身をあやされ、右手で蕾《つぼみ》を探られて、ユリアスは快楽と戸惑いの狭間《はざま》でグラグラと揺れた。

「ゆっくり慣らしましょう。息を吐いて」

「んっ」

タイミングを見計らってぬうっと指が挿《はい》ってくる。

身体の中に何かが埋めこまれるはじめての感覚にユリアスは混乱しながらも、言われたとおり息を吐くことに努めた。

カルディエムは慎重にユリアスの中を探ってくる。時折動きを止めてはユリアスが慣れるまで時間を置き、少しずつ少しずつ未開の隘路《あいろ》を広げていった。

「痛みはありませんか」

「だい、じょぶ……です。でもなんか……、ひぁっ」

不意に、ビリッと痺れる感覚があった。

指がとある箇所を掠めた途端、その衝撃は前まで伝わり自身を甘く戦慄かせる。二度、三度と同じ場所を擦られ、強すぎる快感にユリアスは身も世もなく身悶えた。

「やっ、ダメ…っ」

「ここが気に入りましたか」

「ちがっ……ダメ、それ……、カルディ、エム、さまぁ……」

このままではまたひとりで達してしまう。自分ばかりは嫌だ。

必死に訴えると、カルディエムは苦笑しながら一度指を抜いてくれる。

けれどほっとしたのも束の間、今度は指が二本に増えた。

圧迫感に耐えながらも呑みこんでいくと、そのうち奥の方からムズムズとしたものが迫り上がってくる。中が蠕動《ぜんどう》したのに合わせてやんわりと自身を扱かれ、中と外同時にもたらされる感覚にユリアスは息を呑んだ。

最初は落ち着かないばかりだったのに、今は中にカルディエムがいるのがたまらない。

いつの間にか指は三本に増やされ、ユリアスの中はさらなる刺激を求めて淫らにうねった。

「あなたのここが反応してくれているのがわかりますか」

「や…」

「私を求めてくれてうれしい。ユーリ、私もあなたがほしい。もうどうしようもないほどに」

ずるりと指が引き抜かれ、喪失感に慄いた後孔に熱く兆したものが押し当てられる。それが彼の熱塊だと気づいた瞬間、グイと腰を引き寄せられた。

「ユーリ。愛しています……」

耳元で囁かれると同時に猛ったものが突き入れられる。

その瞬間、激しい痛みがユリアスを襲った。指など比べものにもならないほどの圧倒的な質量に身体がバラバラになりそうだ。限界まで押し広げられた蕾は、それでも健気に戦慄きながら懸命にカルディエムを受け入れようとしていた。

「ごめんなさい。苦しいでしょうに」

「だい、じょぶ……」

「あなたが嘘をつけない人なのは知っていますよ。一生懸命私を受け入れてくれてありがとう」

額に、瞼に、頬に、唇に、やさしいキスが降る。

それがうれしくて、しあわせで、ユリアスからも腕を伸ばしてさらに深いくちづけをねだった。

もっと彼とひとつになりたい。身も心もすべてを彼に差し出したい。

熱いくちづけを交わしながらユリアスは力を抜くことに努める。やさしく揺すられ、捏ねるようにされているうちに、やがて中がうねうねと蠢《うごめ》きはじめるのが自分でもわかった。

それを見逃さず、カルディエムが少しずつ奥へと進んでくる。

「あ、ぁっ……！」

最奥を突き上げられた時には一瞬意識が飛んだ。尻にカルディエムの下生えが当たる。一分《いちぶ》の隙も

ないほどみっちりと彼を埋めこまれ、ドクドクと脈打つ欲望を自分の身体の中に感じて、たちまち胸がいっぱいになった。

「すごい……カルディエム様で、いっぱい……」

「あまり煽らないで、ユーリ。これでも我慢しているのですから」

苦笑しながらカルディエムが触れるだけのキスをくれる。それに自分からも応えながら、もう一度その首に腕を回した。

「ぼく、やっとカルディエム様のものになれたんですね」

「ええ。私もユーリ、あなただけのものです」

「うれしい……」

至近距離で目を見交わし、唇を重ねる。

すぐに激しい抽挿がはじまった。

ギリギリまで引き抜かれた楔《くさび》は抜き差しをくり返しながら蕾の周り、前立腺、そして最奥へとそれぞれの快楽を教えていく。そうかと思うと勢いよく打ちこまれ、腰を回すように突き入れられて、隘路はたちまちカルディエムの虜《とりこ》になった。

挿入時はあんなに痛かったのに、ひとつになれたよろこびでそんなものは飛んでいってしまった。中は少しずつ刺激を覚えさせられ、彼の形に変わっていく。あられもない水音が響く中、ユリアスは逞しい腕に縋りながら甘いよろこびに酩酊《めいてい》した。

「カルディエム……カルディ、エム、さまぁ……」

「ユーリ。愛しています」

「ぼく、も……、愛して、ます……」

水音はいっそう大きくなり、カルディエムの抽挿もさらに大胆になっていく。

彼と愛し合えることがうれしくて、気持ち良くて、他に何も考えられなくなった。今はただひとつになれるしあわせを深く深く噛み締める。

腰を押さえていた片方の手を前に回され、弾ける寸前のユリアス自身を握られた。

「あんっ」

「ユーリ。一緒に……」

カルディエムが最後の追い上げにかかる。

「あ、あ、あ、……あぁっ……」

激しく穿《うが》たれながら同時に自身も扱き上げられ、もう訳がわからない。怖いぐらい気持ちが良くて頭がおかしくなりそうだ。

「ディ、エム……さ、まぁ……あ、あぁっ……！」

ビクン、と大きく身体をふるわせながらユリアスが二度目の蜜を放つ。

「……くっ」

激しい収斂《しゅうれん》に引き摺られるようにして、カルディエムもまた最奥に放埒《ほうらつ》を放った。ドクドクと注がれる大量の白濁は彼の愛情と独占欲の現れのようだ。

それがうれしくてたまらなかった。

——カルディエム様のものになったんだ……。

それを心から実感する。

「無理をさせてしまいましたね」

荒い呼吸に肩を上下させながらカルディエムが心配そうに覗きこんでくる。

ユリアスは小さく首をふると「しあわせです」と応えた。

「カルディエム様のものにしてもらえて」

「私も、やっとあなたのものになることができた」

「……なんだか、くすぐったいですね」

「ええ。本当に」

くすくすと笑いながら触れるだけのキスが降る。

だからユリアスからも伸び上がって同じだけの気持ちを返した。

「愛していますよ。私のユーリ」

「ぼくも。愛してます……」

長い夜は終わらない。

月の光に照らされながら甘い夜に目を閉じた。

革命から半年後、ゲルヘムで戴冠式が行われた。

式典には、三国同盟国であるアドレア、ローゼンリヒト、イシュテヴァルダの国王夫妻をはじめとする錚々《そうそう》たる顔ぶれが並んだ。

連合軍として力添えしてくれたアドレアのザイン、ローゼンリヒトのギルニスも肩を並べている。ハヤブサに姿を変えて情報を連携してくれたテオドルや、国境封鎖に協力してくれたサン・シット、連合軍の迂回を許可してくれたリッテンドルフ国国王夫妻の姿もあった。

一同が見守る中、金糸刺繍《ししゅう》の施された白い長衣に身を包んだユリアスは、赤い絨毯《じゅうたん》の上をまっすぐに玉座に向かって進む。

高台の上ではカルディエムが光り輝く王冠を手に待っていた。

銀糸刺繍を刺した黒い長衣が長身の彼によく似合う。波打つ黒髪を背に垂らし、緑青の瞳を煌めかせるカルディエムのなんと凛々しく美しいことか。神官最後の仕事として、彼から王冠を授けてもらうのだ。これ以上の栄誉はなかった。

ユリアスは高台に続く階段の途中で跪き、祈りを捧げる。

カルディエムはそれに応え、神の祝福を授けると、新しい王の頭に宝石で飾られた王冠をそっと載せた。彼の左右に待機していた大臣からは宝珠を、大尉からは宝剣をそれぞれ受け取り、階段を昇りきったユリアスはまっすぐにカルディエムを見つめる。

とうとう、この日が来た。

自分たちの手で新しい時代を作る時が来たのだ。

遠い異国で生まれてから今日まで、たくさんのことがあった。奴隷として虐げられてきた自分が王冠を被るなんて想像したこともなかった。

けれど、未来は自分の手で変えられると知った。これからも命のある限り、精いっぱい生きていくだけだ。

カルディエムの眼差しからも同じ思いが伝わってくる。彼こそが師であり、右腕であり、そして生涯の伴侶なのだと思うと誇らしさで胸がふるえた。

ユリアスは大きく深呼吸をして気持ちを落ち着け、参列者一同に向き直る。その顔ひとつひとつを万感の思いで眺め回すと厳かに口を開いた。

「我、ユリアスは、ゲルヘムを平和に導くために人生のすべてを捧げることを誓う。国際的な信頼を回復するために誠実に向き合うことを誓う。これを自らの命題とし、ここに即位を宣言する」

新たに宰相となるカルディエムとともに練り上げた即位宣言だ。いつもの自分の言葉とは違うけれど、それでもたくさんの思いをこめた。

新たなる王の誕生に参列者たちからあたたかい拍手が送られる。

各国からの祝辞が贈られる間、ユリアスはすぐ傍に立つカルディエムとともにそれを受けた。これからふたりでこの国を背負うのだ。自分は表に立ち、彼は裏を守る。そうやってゲルヘムを誰もが安心して暮らせる国にしていく。

式典の後は揃ってバルコニーに出た。

前王ジャミールが即位した時は戴冠式は行われなかったそうだ。先々代の王を殺し、簒奪《さんだつ》した王冠を被った無礼者を祝うものなどいなかったからだ。つまり、ジャミールは周辺国の承認を得ないまま既成事実として王位に就いていただけということになる。

だから、それを正したかった。

いつもは固く閉ざされている城門も今日ばかりは開け放たれている。敷地には新しい国王を一目見ようと多くの人々で埋め尽くされた。これから新しい歴史がはじまるのだ。それを一緒に祝いたかった。

バルコニーに姿を現したユリアスに、民衆が「おおっ」と声を上げる。おそらくそのほとんどが想像より遥《はる》かに若い王に驚いているのだろう。エトランゼという見慣れない外見にも動揺しているのが見て取れる。

だからこそユリアスは即位宣言とは打って変わって、自分の言葉で語りかけた。

「この場に集ってくださった大勢の方々と、ともに新しい時代の幕開けをよろこぶことができることをうれしく思います。前王ジャミールの統治によってこの国は長い間不幸とともにありました。そのことを、まずは父に代わって心からお詫びします」

聞いていた民衆からいっせいにざわめきが起こる。

「父に代わって……？」

「まさか、ジャミール王の息子なのか？」

顔を見合わせ、口々に捲し立てる民を見渡しユリアスは頷く。

「父が前王ジャミールだと知ったのは革命が起こる少し前のことです。母はサン・ガルディーニャの王女アハムタ。ぼくはサン・ガルディーニャを襲った王の落胤として、そして風変わりなエトランゼとして忌み嫌われ、奴隷として生きてきました。親も知らず、友も知らず、朝から晩まで肉体労働に従事し続け、折檻を受けるばかりの日々でした」

衝撃的な内容に一同はシンとなる。

まさか祝いの場でそんなことが明かされるとは思いもしなかったのだろう。すぐ傍に控えていたシドたちも緊張した面持ちでこちらを見つめている。

それでもユリアスは構わず話し続けた。

「皆、ぼくと目が合うと『呪われる』『縁起が悪い』と言いました。無理もありません。知らないものを怖いと思うのは人として正しいことです。……でも、知れば怖くなくなる。お互いをつなぎ合うのはお互いの理解です。片一方の努力でも、もう片方の我慢でもなく」

　カルディエムたちがそうしてくれたように、自分もまた他者を理解できる人間でありたい。そうすることで一歩ずつ互いに近づいていけると信じている。

「共感することはできなくても、理解することはできる。ぼくは、皆さんに誠実に奉仕することを誓います。ぼくの心と、力と、人生のすべてを懸けて、皆さんの信頼に値するよう努めます」

　ユリアスは持っていた宝剣や宝珠をシドに渡し、被ったばかりの王冠も脱いでカルディエムに預ける。彼らはユリアスがこれから何をするのか察していたようで、自ら手を差し出してくれた。

　ユリアスはひとりの人間としてこの場に集った民衆に向き合う。そうして一同が見守る前で〈七色の龍〉へと獣化した。

　銀の縁飾りのついた鱗が日の光を浴びて美しく煌めく。その色は淡いピンクにも、クリーム色にも、あるいは水色や薄紫色にも、まさに七色のごとく艶やかに輝いた。

　神々しい龍の姿に人々は驚きのあまり目を瞠り、口を開けたまま呆然としている。誰もがすぐには信じられないといったふうだ。中にはバザールでユリアスを売った、あの奴隷商人の顔もあった。

「な……、〈七色の龍〉だ！」

　ひとりが叫んだ瞬間、民衆は我を取り戻したようにいっせいに「わぁっ！」と歓声を上げる。

　獣化して言葉を発することができないユリアスに代わって、カルディエムが進み出た。

「革命の成功は王のお力があってこそ。自らの危険も省みず〈七色の龍〉となって大海原を凍らせ、逃亡を図ったものたちを捕らえたのです。前王は畏怖の念とともに降参を認め、ゲルヘムは支配から解放されることとなりました」

「すごい……そんなことが……」

「我々のために自らの父親さえ討ったというのか」

「まさか、あのエトランゼが国を救ってくれたなんて……！」

あるものはよろこびに諸手《もろて》を上げ、またあるものはこれまでの行いを恥じる。

「エトランゼを蔑むのはもうやめよう。俺たちが間違っていた」

「そうだ。エトランゼだって同じ命だ。同じ人間なんだ。ユリアス王は祝福されるべきだ」

「王はおっしゃった。知れば怖くなくなるのだと。俺は王を理解したい。そして忠誠を誓いたい」

驚くユリアスの目の前で、誰からともなく「英雄王に忠誠を！」との声が上がった。

「我らを救ってくださったエトランゼ王！　祝命《しゅくめい》のエトランゼ王！」

「ユリアス王に神のご加護と祝福を！」

「ユリアス王万歳！　新国王万歳！」

人々の声はやがて大きなうねりとなって万歳唱和へ続いていく。人型に戻ったユリアスは感激に胸を熱くしながら感謝の気持ちをこめてひとりひとりに手をふった。

ふり返れば、そこには仲間たちがいる。カルディエムも、シドも、マハムもスワイドもエルーガも、皆でこの栄誉を分かち合う。

「ユリアス様に生涯の忠誠をお誓いいたします」

一番に跪いたのはカルディエムだった。皆も次々にそれに倣う。

ユリアスは捧げられた最敬礼を受けながら仲間たちの顔を見渡した。

「ぼくも、皆さんにとって良き王となれるよう努めることをお約束します。どうかこれからの国家運営に力を貸してください。ぼくも頑張りますから」

「もちろんだ」

「そうこなくちゃ」

　スワイドとエルーガがいつもの調子でニヤリと笑えば、マハムもドンと胸を叩く。

「いつでも呼んでくれ。役に立ってみせるぞ」

「おまえたち。陛下に対してその言葉遣いは何だ」

　見かねて苦言を呈したのはシドだ。

「ユリアス様。微力ながらこのシド、命に替えましても……」

「あの…、ぜひ今までどおりにしてください。堅苦しいのは苦手です。ぼくは、皆さんと一緒に頑張りたいです」

「ユリアス様？」

　目を丸くするシドを見て、カルディエムはくすくすと笑いながら立ち上がった。

「人は皆、それぞれに素晴らしい力を持っています。それらを引き出し、活かすことも王の大切な仕事のひとつ。仲間に恵まれたあなたにはうってつけの役目だと思いますよ、ユリアス」

「そう言っていただけて心強いです。頑張ります！」

「ふふふ。その意気です」

　頷くカルディエムに、スワイドたちは「これじゃどっちが国王陛下なんだか……」と笑っている。それに対してシドが「こら。おまえたち」と小言を言いはじめ、「俺はこれからも変わらんぞ！」とマハムがひとり抜け駆けをするのだった。

　これから先、どんな未来が待っているだろう。

　どんな運命を切り拓いていくのだろう。

　それは誰にもわからない。けれど怖いとは微塵も思わなかった。自分には支えてくれる仲間がいる。愛する人がずっと傍にいてくれるのだから。

　誇らしさを胸にユリアスは民に向き直る。

　再び歓声を上げる彼らに手をふりながら、この光景を生涯忘れないと誓うのだった。

即位後初の政務として、ユリアスは死刑になるはずだったジャミールとその取り巻きたちに恩赦を与え、終身刑とすることを決めた。

これには当然ながら反対の声が上がり、また身内擁護と誤解されるとカルディエムからの進言もあったが、最終的には「生涯をかけて罪を償わせる」という方針を貫いた。

長い間、人の命を塵とも思わぬ恐怖政治が敷かれていたこともあって人々の「死」に対する感覚はあまりに軽く、それを語る時には決まって諦めや投げ遣りな感情がつきまとう。

だがそれは彼らのせいではない。それを押しつけてきた政治のせいだ。だからこそ、罪を償う姿を通して「生」を考える機会にしてもらえればと、ユリアスは終身刑による労働を是とした。

ジャミールたちは自らが壊してきたものを償うために汗を流し、祈りを捧げ、自分自身に向き合っている。はじめのうちこそ「いっそ殺せ」と喚いていたジャミールも、しばらくすると毒気が抜かれたのか、あるいは「生」への執着を思い出したのか、おとなしくなったそうだ。

いつか彼が自らの罪を理解できる日が来ることを願う。心から悔い改め、償いのために生きたいと自ら望んでくれることを。それがきっと今を生きる人たちの心を動かすとともに、無念のうちに死んでいった大勢の魂を慰めるものになるだろうから――。

「なにを考えていたんです？」

声をかけられ、ユリアスはふっと我に返った。

水平線の向こうに沈みつつある太陽に見惚れているうちに物思いに耽ってしまっていたらしい。

すぐ横では、カルディエムが海風に長い髪を靡かせながらこちらを見下ろしている。その気品に満ちた微笑みにドキリと胸を高鳴らせつつ、ユリアスは凭れかかっていた船の欄干から身を起こした。

「平和な国になるように、と」

「すっかりあなたの口癖になりましたね」

　笑み交わしながらもう一度大海原に視線を戻す。

　ふたりが今いるのは海の上だ。即位後、ユリアスにはたくさんの仕事が待ち構えていたが、それらを全部置いてでもしなければならないことがあると周辺国行脚の旅に出た。

　まずは西のローゼンリヒト、そしてその向こうのアドレアを訪れ、援軍の感謝を直接伝えるとともに、これまでゲルヘム軍が行ってきた好戦的で残虐非道な行為を国として心から謝罪した。援軍に要した費用に加えて心ばかりの見舞金と、ゲルヘムからの亡命者を受け入れてくれているローゼンリヒトにはその分の慰謝料も支払わせてもらう。

　前王が軍事費に大量の資金を投じたせいでゲルヘムの財政は逼迫《ひっぱく》しており、これらの金をそこから捻出することは不可能と判断したユリアスは、国王の私有財産からそれを拠出した。

　経済事情を把握しているアドレアやローゼンリヒトは揃って財政逼迫を心配したが、ユリアスが自ら支払ったことを知ると目を丸くした。国民にこれ以上税を負わせるわけにはいかない、今は再生に専念しなければならないと語るユリアスに彼らは覚悟のほどを感じ取ってくれたようだ。

　これから十年かけて平和な国にすると宣言するユリアスに、彼らは敵同士だった過去を水に流し、友好国として新しい関係を築こうと申し出てくれた。

　アドレア王、ローゼンリヒト王、それぞれと固い握手を交わし、晴れやかな気持ちでゲルヘムへと戻ったユリアスは、直ちにこの朗報を城中のものたちに伝えて発破をかけた。

　そうして休むことなく次の目的地へと馬車を走らせる。

向かったのは東のサン・シットだ。

国境封鎖の協力に加え、ゲルヘムから多くの亡命者を受け入れてくれたことへの礼を述べると、向こうの方から「これを機に和平関係構築に向けた話し合いをしたい」との申し出があり、よろこんで受けることとなった。残念ながら約束したバザールに寄る時間までは取れなかったため、いつか必ずと再訪を誓うふたりだ。きっと近いうちにまた来ることになるだろう。

最後に訪れたのは遥か南――ユリアスの故郷であるサン・ガルディーニャだ。

サン・シットの港から船に乗り、丸二日かけて南下したユリアスたちが見たものはまさに『楽園』の名にふさわしい島国だった。荒廃したゲルヘムとは何もかもが大違いだ。青々とした植物が生い茂り、色とりどりの花が咲き乱れ、太陽が海に反射してきらきらと輝いている様はどんなに目に焼きつけても足りないと思うほど生命讃歌《さんか》に満ちあふれていた。

ユリアスが父であるジャミールの犯した罪を謝罪すると、サン・ガルディーニャ王は孫との対面に涙を流しながらユリアスを忌み児として捨てたことを詫びた。

国を荒らされ、宝石を奪われ、愛娘までをも失って、もはや生き続ける意味などないと自死さえ選びかけたという王は、こうして孫と再会できたことを大層よろこび、長年の禁忌を撤廃すると約束してくれた。

皺だらけの両手で手を握ってくれた王の目はユリアスと同じ柘榴の色だ。ぽろぽろと涙を流しながらこれからの友好関係を約束してくれるのを、ユリアスも一国の王として、そして彼の孫として、心からのよろこびとともに受け止めた。

亡き母の墓前で黙禱《もくとう》を捧げながらユリアスは心の中でこれまでのことを話して聞かせる。母は、父と息子が再会したことをよろこんでくれているだろうか。天国から微笑ましく見てくれているだろうか。そんなことを思いながらひとり長い話をした。

　こうして四カ国に亘る長い旅を終えた一行は今、ゲルヘムへと戻る船上にいる。

　真っ赤な太陽は今まさに水平線の向こうに沈まんと海を染め、その遥か上空からは一番星が夜の帳《とばり》を下ろしはじめていた。もうすぐ日が暮れる。降りしきるような星の中を船は北へ北へと進むのだ。

　今日の日の記念にと贈られたノースブルーのペンダントを見つめながら、ユリアスはしみじみと思いを噛み締めた。乙女の涙を固めたようだと形容されるノースブルー。けれど今はそれが祖父の、そして亡き母のよろこびの涙のように見えた。

「つけてみませんか」

　カルディエムに促され、そっと頷く。

　首にかけてもらった宝石はその価値以上にズシリと重たく、長い年月が詰まっているように感じた。

「あなたの赤い瞳によく映える。二国をつなぐ存在として、まさにあなたにふさわしい石だ」

「ありがとうございます。そう言っていただけると、より大切なものに思えます」

　こうしている間にも太陽は水平線の彼方《かなた》に沈んでいく。これから夜が来て、新しい朝が来て、そして未来は今になるのだ。今があっという間に過去になるように、未来もまた刹那にやってくる。

　そんなことを思いながら、ユリアスは静かに息を吐き出した。

「一緒に訪ねてくださってありがとうございました。サン・ガルディーニャ王にお会いできてうれしかったです。アドレアにも、ローゼンリヒトにも、それからサン・シットにも」

「私はあなたの右腕ですよ。『ついてこい』と言われればどこへでも」

「カルディエム様にそんなことは言えません」

「まったく、あなたは……」

カルディエムはおだやかに苦笑した後で、暮れゆく海原に顔を上げた。

海風に長い黒髪を遊ばせ、凜然と立つ彼はまるで夜を従える支配者のようだ。そんな彼が自分を支えてくれるという。なんと心強く、なんと誇らしく、なんとしあわせなことだろう。

カルディエムはまっすぐ前を向いたまま、やさしい声で「ユーリ」と呼んだ。

「私は、あなたのために生きます」

こちらに向けられた緑青色の瞳は深い愛情で満たされている。それを受け取り、また同じだけ返して、ユリアスはまっすぐにカルディエムを見上げた。

「それならぼくは、国とあなたのために」

彼がくれた名に恥じぬ王として。

そして、生涯たったひとりの愛する人のために。

「そう。それでこそです」


微笑み合ったふたりは、やがてその眼差しを遥か彼方へと向ける。

目指す未来は光で満ちあふれていた。

あとがき

こんにちは、宮本《みやもと》れんです。

『祝命のエトランゼ』お手に取ってくださりありがとうございました。

前作『アドレアの祝祭』、前々作『銀の祝福が降る夜に』と地続きにつながる第三弾。

タイトルに「祝」の字を引き継ぎ、総称して「祝シリーズ」と呼ぶことになりました。

これまでの作品では「敵国」として登場していたゲルヘムが舞台ということで、長らく虐げられていた人々の再生復活の物語として新しい時代の幕開けを描いたつもりですが、いかがでしたでしょうか。

その手助けとして、今回は他作品からの友情出演も多かったですね。テオドル、ザイン、ギルニス、マヌーン、ヤトゥなど、懐かしい面々のその後が垣間見えたり、実際に元気な様子を見せてくれたりで、私も書くのが楽しかったです。

　そんな懐かしのメンバーに支えられた今回のお話。

　タイトルの『祝命』は、生きることも死ぬことも等価値だったユリアスが、己の出自を知って、エトランゼであることを誇りに思い、自らの命を言祝ぐことができるようにとの願いをこめて造った言葉です。

カルディエムと出会ったことで、ユリアスの人生は大きく変わりました。慈しむことを覚え、たくさんのことを吸収して、人として、そして龍人として大きく成長してくれたと思います。奴隷から国王へと身分は大きく変わりましたが、これからもユリアスらしく、周囲の人々と手を携えながらゲルヘムを立て直してくれるでしょう。

いつかカルディエムと、サン・シットのバザールでお忍びデートができるといいですね。その時はマハムたち近衛兵が護衛につくのかな。それとも、ふたりをよく知るスワイドやエルーガたちが脇を固めてくれるのかな（案外、みんなで迷子になったりして……笑）。これまで辛い思いをしてきた分、ユリアスにはたくさん笑ってほしい、しあわせになってほしいと願うばかりです。

そんなユリアスの名前は、ルクシュの言葉で「慈しむもの」という意味でしたが、カルディエムは「carpe diem」から取っています。「その日を摘め」と訳されるラテン語で、転じて「全力で今を生きよ」という意味をこめて背負ってもらった次第です。

「虐げられることに慣れてはいけない」が口癖だった彼は、その強い信念と人柄によって多くの味方を得、全力を尽くした結果、革命を成功させることができました。国を救った立役者である宰相は、これからは王の右腕として大活躍するのでしょうね。

いつかユリアスと、本当に結婚式ができたらいいですね。同性同士、元神官と元奴隷という高いハードルを越えて、人々に「誰もがしあわせになれる未来はあるんだ」と示せる日が来ればと。カルディエムも長く苦しんだ分、存分に幸福を噛み締めてほしいです。

その時はシドが司祭を務めるのでしょうか。エマにはとっておきの花嫁装飾を描いてもらわなくちゃいけません。スワイドやエルーガ、マハムたちはひたすらそわそわしてますかね（笑）義理人情に篤く、肝の据わった大切な仲間たち。国を背負って立つユリアスにとってこれ以上心強い味方はいませんね。

ゲルヘムという国はこれからどんなふうに変わっていくのか、周囲の国は、そこに住む人々にはどんなことが起こるのかとあれこれ考えてしまいます。この世界観で書く機会を再びいただけたらと願うばかりです。

本作にお力をお貸しくださった方々へ御礼を申し上げます。

美麗なイラストで飾ってくださいました円之屋《まるのや》穂積《ほづみ》先生。長くご著書を拝読させていただいていた一ファンとしてご縁に感謝するばかりです。デビュー十年目となるこの時に、憧れの方に自分の作品のキャラクターを描いていただけて、嬉しくて言葉になりません。本当にありがとうございました。

素敵なデザインを施してくださいましたCoCo.Design《ココ・デザイン》の清水《しみず》様。シリーズ三冊目となる今回も美しいタイトルデザインに感激しました。シリーズの統一感もあって嬉しいです。どうもありがとうございました。

担当M様。いつもながら大変お世話になりました。宝塚《たからづか》のお話をさせていただいた時は嬉しさのあまり荒ぶってすみません。これからもどうぞよろしくお願いいたします。

そして、本を手に取ってくださったすべての読者様。こうして書き続けることができるのも、読んで応援してくださる皆さんひとりひとりのおかげです。よかったら、ご感想や応援のお声を編集部宛にお寄せくださいね。

最後までおつき合いくださりありがとうございました。

それではまた、どこかでお目にかかれますように。

二〇二二年　祝命を讃える、晴れやかな初夏に

宮本れん

アドレアの祝祭
〜聖獣王と幸運の番〜

あどれあのしゅくさい　せいじゅうおうとこううんのつがい

宮本れん
イラスト：サマミヤアカザ

本体価格870円+税

清らかな歌声で動物たちに愛されるアンリは、両親を亡くし一人健気に暮らしていた。ある日、高貴な身分であろうジークフリートを森で助けるが、共に一晩を過ごす中で、穏やかで優しい彼に心惹かれてしまう。だがそれも一夜限りと寂しく思っていたアンリの元に、数日後、王太子からアンリに王城への招待が届く。実はジークフリートは、国を治める五人の領主の一人で“真の聖獣王”に最も近いといわれる、サーベルタイガーの獣人王候補だったのだ。アンリこそが長年探し求めていた唯一無二の運命“幸運の番”の相手だと確信したという彼に、番になってくれと求められたアンリは……？

リンクスロマンス大好評発売中

銀の祝福が降る夜に

ぎんのしゅくふくがふるよるに

宮本れん
イラスト：サマミヤアカザ

本体価格870円+税

狼が忌み嫌われている国・イシュテヴァルダの森で、人狼であることを隠し、ひっそり暮らしてきた天涯孤独のサーシャ。仕事を探しに街へ出たサーシャは、そこで危険な目に遭うが、それを国王・アルベルトに救われる。アルベルトはまだ世界のほとんどを知らないサーシャを城に招待し、優しく甘やかし、様々なことを教えてくれた。初めて触れる人からの優しさに戸惑うサーシャだったが、若き国王の『癒し』になってほしいと王の側近たちに頼まれ、その役目を受け入れる。穏やかな交流を続ける中で、想いを深め合う二人だったが、実は思いも寄らない過去の接点があることが分かり……？

極上の恋を一匙《ごくじょうのこいをひとさじ》

宮本れん
イラスト：小椋ムク

本体価格870円+税

箱根にあるオーベルジュでシェフをしている伊吹周は、人々の心に残る料理を作りたいと、日々真摯に料理と向き合っていた。腕も人柄も信頼できる仲間に囲まれ、やりがいを持って働く周だったが、ある日突然、店が買収されたと知らされる。新オーナーは、若くして手広く事業を営む資産家・成宮雅人。視察に訪れて早々、店の方針に次々と口を出す雅人に、周は激しく反発する。しばらく滞在することになった雅人との間には、ぎこちない空気が流れていたのだが、共に過ごすうち、雅人の仕事に対する熱意や、不器用な優しさに気付き始めた周は次第に心を開くようになり……。

リンクスロマンス大好評発売中

はつ恋ほたる《はつこいほたる》

宮本れん
イラスト：千川夏味

本体価格870円+税

伝統ある茶道の家元・叶家には、分家から嫁を娶るというしきたりがあった。男子しかいない分家の六条家には無関係だと思っていたものの、ある日本家の次男・悠介から、ひとり息子のほたるを許嫁にもらいたいとの申し出が舞い込んでくる。幼いころ周りの大人に身分違いだと叱られるのも気にせず、なにかと面倒を見てくれた悠介は、ほたるの初恋の人だった。しきたりを守るための形式上だけと知りながらも、悠介にまるで本物の許嫁のように扱われることに戸惑いを隠せないほたるは……。

小説原稿募集

リンクスロマンスでは**オリジナル作品**の原稿を**随時募集**いたします。

募集作品

リンクスロマンスの読者を対象にした商業誌未発表のオリジナル作品。
（商業誌未発表のオリジナル作品であれば、同人誌・サイト発表作も受付可）

募集要項

＜応募資格＞
年齢・性別・プロ・アマ問いません。

＜原稿枚数＞
４５文字×１７行（１枚）の縦書き原稿、２００枚以上２４０枚以内。
※印刷形式は自由。ただしＡ４用紙を使用のこと。
※手書き、感熱紙不可。
※原稿には必ずノンブル（通し番号）を入れてください。

＜応募上の注意＞
◆原稿の１枚目には、作品のタイトル、ペンネーム、住所、氏名、年齢、電話番号、メールアドレス、投稿（掲載）歴を添付してください。
◆２枚目には、作品のあらすじ（４００字～８００字程度）を添付してください。
◆未完の作品（続きものなど）、他誌との二重投稿作品は受付不可です。
◆原稿は返却いたしませんので、必要な方はコピー等の控えをお取りください。
◆１作品につき、ひとつの封筒でご応募ください。

＜採用のお知らせ＞
◆採用の場合のみ、原稿到着後6カ月以内に編集部よりご連絡いたします。
◆優れた作品は、リンクスロマンスより発行させていただきます。
原稿料は、当社既定の印税でのお支払いになります。
◆選考に関するお電話やメールでのお問い合わせはご遠慮ください。

宛先

〒151-0051
東京都渋谷区千駄ヶ谷４−９−７
株式会社　幻冬舎コミックス
「リンクスロマンス　小説原稿募集」係

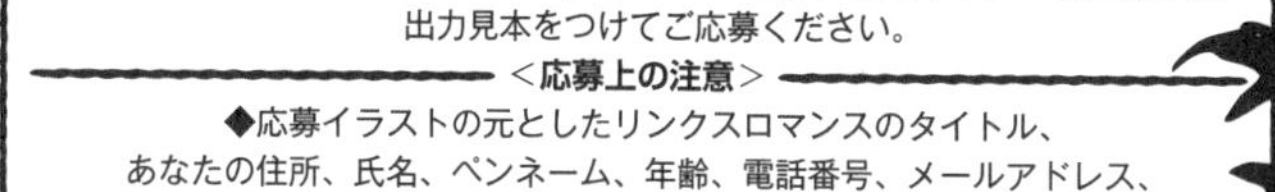

この本を読んでの
ご意見・ご感想を
お寄せ下さい。

〒151-0051
東京都渋谷区千駄ヶ谷4-9-7
(株)幻冬舎コミックス　リンクス編集部
「宮《みや》本《もと》れん先生」係／「円《まる》之《の》屋《や》穂《ほ》積《づみ》先生」係

リンクス ロマンス

祝命のエトランゼ

2022年5月31日　第1刷発行

著者……………宮《みや》本《もと》れん
発行人…………石原正康
発行元…………株式会社　幻冬舎コミックス
〒151-0051　東京都渋谷区千駄ヶ谷4-9-7
TEL 03-5411-6431（編集）
発売元…………株式会社　幻冬舎
〒151-0051　東京都渋谷区千駄ヶ谷4-9-7
TEL 03-5411-6222（営業）
振替00120-8-767643
印刷・製本所…株式会社　光邦
検印廃止

ISBN978-4-344-85019-4 C0293
Printed in Japan

幻冬舎コミックスホームページ　https://www.gentosha-comics.net